黑的教育

目次

黑的教育

你改不改，
我看起來很介意嗎？

1

不管尿了幾次，膀胱還是漲漲的。

根據我用肉體實測，金牌啤酒一灌進嘴，七分鐘後就會完全變成尿。

畢業典禮已經是好幾個小時以前的事，跟大家一起花光剩下來的班費，來錢櫃唱歌、吃水餃、狂續牛肉麵，在包廂裡用奇異筆把彼此的制服寫上滿滿滿滿的簽名跟髒話，這……當然還不夠啊！

在班長宣布散攤的時候，我們三個趁著服務生打混，偷偷從廚房抱了一大箱啤酒，沿著防火梯一路跑上來頂樓續攤。

哈哈哈哈哈！果然只剩我們三個的時候！最爽！最無敵啦！

喝！喝！喝！喝！喝！

尿！尿！尿！尿！尿！

乾！乾！乾！乾！乾！

尿！尿！尿！尿！尿！

「哇！王鴻全你尿超黃的耶！」張博偉瞥眼過來，一邊試著把尿射進瓶子裡。

「真的超黃！王鴻全你要不要去看醫生啊？」韓吉一邊說，尿整個射歪。

「看三小啦！吃B群尿就超營養的啊！」我閃開韓吉的歪尿。

真的有點茫啦！好像……好像……好像我也射得歪歪的……

張博偉、韓吉跟我，拿起酒瓶仔細比較。

這可不是開玩笑的亂比一通，尿最少的要把自己的尿喝光！

「我的最多！我贏了！」張博偉哈哈哈大笑。

「是我的最多好嗎？」我不服氣：「你故意拿得斜斜的好不好！」

「你們喝太少了啦！喝太少才射那麼穩……我喝最猛好不好！」韓吉呵呵。

「第一次聽到輸尿還有理由？最少還敢嘴！等處罰！」張博偉口嗔。

「反正你最少啦！你來公證！張博偉跟我誰尿最多！我的線在這裡……」

「靠！你才故意拿斜的好不好！」

「誰要看你們的尿啊？哇靠你的尿超臭的耶我這麼遠還聞得到！」韓吉哈哈跑開：「你是不是腎虧啊！」

「就跟你說是B群好不好！B群的味道啊！」我有點不爽了：「我就真的每天都吃一顆B群、一顆D3、一顆E、一粒鈣片再加三顆魚油啊！我的尿絕對很營養好嗎！」

「吃好多！你是老人啊？腎虧才吃那麼多好不好！」韓吉繼續鬧。

「反正你最輸是一定要把尿喝光啦！你不要耍賴！」我絕對要他把尿喝光：「張博偉！我們之間再說！先看韓吉把他自己的尿喝光！張博偉！」

剛剛話最多的張博偉，卻沒回嘴。

他正靠在圍牆邊緣往下看，脖子伸得很長。

「喂！過來過來！你們兩個！過來啦！」張博偉盯著樓下。

幹，十之八九是想趁我們不注意，把他瓶子裡的尿潑過來，才不中計。

「真的啦！過來一下！下面那台小黃是不是……有點怪怪的啊？」張博偉的聲音有點興奮：「一直在晃耶，是不是傳說中的車震啊？」

我跟韓吉盯著張博偉手中的尿，有點防備地靠近圍牆。

大樓底下的巷子裡停了一台舊舊的計程車，計程車好像真的在晃。

「玻璃霧霧的……」韓吉說。

「就是車子沒發動，裡面又有人在呼吸，二氧化碳堆積太多排不出去，就變成水氣，玻璃才會霧霧的。」我很篤定。

「那就真的是車震啊！」張博偉眼睛都射出光來。

「哇靠，司機撿屍！」韓吉哇哇叫。

「說不定是乘客沒錢，用身體付車資啊！」我好中肯。

「搞不好是強姦。」張博偉一向把人想得很壞。

「強姦會尖叫吧？這麼安靜我們這裡應該也聽得到啊！」我不同意。

是說車震就車震啊，撿屍就撿屍啊，都不關我們的事……

不關我們的事

我們三個你看我，我看你，臉上都堆滿了古怪的笑意。

偏偏！今天晚上！就真的很適合沒事找事啊哈哈哈哈哈！

「好！看看誰丟得最準！」張博偉提議。

「蛤！那韓吉不用先把他的尿喝光啊？」我不甘心。

「就改啦！改看誰丟得準！」為了不想喝尿，韓吉搶先將半滿的酒瓶丟下去。

夙——

酒瓶不偏不倚摔碎在計程車的車頂！

「幹！你好準！」我驚呼。

「一起！」張博偉胡亂一丟。

我們手中剩下的兩個酒瓶才剛剛脫手，就看見司機正好打開車窗往上看。

「幹！」司機在下面驚呼，看著兩只酒瓶從天而落啊！

我們三人趕緊把頭縮回圍牆內，只聽見司機一連串破口大罵。

「靠靠靠靠！看一下看一下有沒有中！」

「幹搞不好丟到他了！」

「丟到他他才不會叫！」

「北七喔！就是丟到他了他才會一直叫叫叫啊！」

「沒丟到他啦！我剛剛有聽見瓶子碎掉的聲音！」

「有嗎有嗎？是碎在車頂還是碎在臉上的聲音啊？」

「碎在地上啦！只有我丟到車頂你們都沒丟到！」

幹到一半被惡搞的司機，持續在樓下朝天空噴了一串幹你娘塞你娘的組合拳，我們又開始亂笑一通，也沒在管司機會不會氣到叫警察過來。

等到我們再次把頭探出去，那台不老實的計程車已經開走了。

只留下滿地的碎玻璃。

2

真是好笑！我們又開了三瓶金牌，你乾我乾喝了起來。

張博偉，韓吉，跟我，我們這三個以前就念同一間國中，因為常常被記違規，週末被訓導主任留校做三小時愛校服務，孽緣啊！我們三個老是被編到同一組，一起掃永遠都掃不完的落葉啊！摳水塔上的鳥屎啊！用穩潔把小便斗擦得比勞斯萊斯還亮啊……總之什麼狗屁倒灶都一起做，不得不熟起來啦！

後來上高中，我們三個竟然好死不好在同一班！這是什麼友情強運啊！

然後我們照樣因為服裝不整、髮型標新立異、躺在洗手臺洗澡、在籃板上畫校長的禿頭、午間靜息不睡覺翻牆出校吃冰等自找麻煩的原因，持續被留愛校服務，變得更熟，變得更愛搗亂，變得……

「哈哈哈真的有夠北七！」張博偉笑得臉都歪了。

「是說，以後要這麼北七也難了啦！」韓吉倒是嘆氣。

「……還好吧？」我淡淡地說。

「你推甄上了當然講幹話啊。」韓吉翻了白眼。

「又在講。」我不置可否。

「王鴻全!你這種的，這輩子跟我們混就混到這邊而已啦!以後你就跟我們不一樣啦!還假!」韓吉沒打算停下來，真的滿機掰的。

「什麼叫你這種的?好好好你們就是嫉妒我……OKOKOK，就讓你們嫉妒到底哈哈哈!」我試著轉移焦點：「喝啦!」

其實，我也知道韓吉在嘴的是什麼。

畢業以後，張博偉跟韓吉大概都會考上一些阿撒布魯的學校，會去念，或乾脆不念，差別都不會很大，那種文憑跟自己在家裡用印表機直接印出來的效果，絕對不會差很多。

而我，幾個月前就知道甄試上了。

雖然是鳥鳥的冷門科系，但好歹也是國立大學，而且還是天龍國的國立大學，我勢必會離開這個不上不下的家鄉，去念大學，去住宿舍，去交新的朋友。

而我們國中三年加高中三年，這段三個人一起鬼混一起瘋的日子，就會是我往後回顧人生時，荒唐又好玩的……附註，就是PS啦!

「ㄟ，王鴻全……」張博偉的語氣突然感傷了起來：「不要去念啦!」

「蛤?」我沒當一回事：「幹嘛不去?」

「就念了也沒用啊，反正你最後還不要回來接你爸的工廠?」張博偉正色。

「我爸說，那種再做也沒幾年了。越南一堆啊。」我真是沒想過要接什麼工廠，我又不懂，又超沒興趣，還不如叫我爸把工廠賣掉，直接給我錢。

「我知道！那就叫……夕、陽、產、業！」韓吉大呼。

這次還真是給你說對了。

「好啦！讓你去念！但以後你當大老闆，我要幫你開車喔！」張博偉。

「你最好是啦！」我白了一眼。

「什麼！讓我開啦！」韓吉連這也要搶。

「我開！」

「你不是要跟你叔叔學開怪手？那個賺翻了好不好？幹嘛跟我搶？」

「我喜歡吹冷氣啊！」

「我也喜歡吹冷氣啊！」韓吉越說越誇張：「不過我不要開賓士！我要開瑪莎拉蒂……勞斯萊斯更好！就靠你啦兄弟！王鴻全好好努力！」

被他們這樣亂吹，我也只能苦笑：「好好好好好……好會講！都你們在講！我在念書你們在賺錢，等我畢業回來你們都是土豪了幹！」

有幾分鐘，我們都沒人講話，只是看著天空。

天空沒幾顆星星。

不意外啦，這裡的工廠總是在偷排廢氣，真的，每一間都這樣，不管是做什麼的，只要有煙囪，就一定沒在鳥三小環保法規，想排就排，誰敢檢舉誰就會被打，想也知道警察一接到檢舉電話就直接把檢舉人的名字轉給工廠吧。

問我怎麼知道？因為我爸的工廠也會排啊！不只排廢氣，還排廢水咧！

這種爛地方……說不定，說不定我以後只會在過年的時候回來？過年回來，當然要找他們兩個吃熱炒。我敢說，到時候他們一定……

張博偉似笑非笑，舉起酒瓶：「兄弟，是不是……一輩子？」

韓吉又亂叫：「喝啦！」

我也灌了一大口：「喝啦喝啦！」

但張博偉沒有喝，臉色變得相當正經：「我是問，兄弟，是不是一輩子？」

韓吉歪著脖子：「怎樣，現在是要歃血為盟喔哈哈哈哈？好啊！就來結拜啊！結拜結拜結拜……」

說著說著，韓吉摘下別在制服上的畢業紅花，作勢用別針刺破手指。

張博偉揮揮手阻止了韓吉。

「我們來換。」張博偉的眼神跟剛剛都不一樣。

又在玩哪招？

「我們一人講一個，從來都沒跟別人講過的事。」張博偉強調：「從來喔！」

「好啊，聽好啦……各位觀眾！」韓吉宣布：「我國小四年級就打過手槍啦！」

張博偉搖搖頭，又是他最拿手的似笑非笑。

「不是，不是這種……」張博偉按住韓吉的肩膀：「要當兄弟，這種不夠。」

張博偉看向我。

那眼神，像是對我下了挑戰。

「一定記得吧？高二那個熱得要死的爛暑假……」

3 張博偉

忘了什麼原因被處罰，應該沒人想得起來吧？

就算是暑假，每個禮拜三跟禮拜四，我們還是得回學校做還沒做完的愛校服務。就跟以前一樣，學校根本沒有什麼地方好掃的，但訓導主任還是會叫我們重複拖中走廊、幫故校長的銅像上油抹亮、擦窗戶玻璃……幹還是從低年級那一排教室一直擦到高年級！

連水塔那種應該叫工人來清的，也敢叫我們爬進去刮水垢！我看訓導主任根本就是用我們的人工去省校費……不對！他應該是用我們的人工偷了校費！工錢他照報，事情卻是我們在做！

那一天下午，我們被叫去掃低年級的廁所，被規定要把小便斗擦到可以反光，對吧？還記得吧？

反正我是絕對忘不掉，那天我們掃完，大家叫訓導主任過來驗收的時候，他對我做了什麼。

嗯，看你表情就知道你還記得，沒錯，那個機掰臭老頭把我推到小便斗，叫我舔！說什麼……好啊！有你說的這麼乾淨，那你就舔啊！舔下去我就相信有你說的這麼乾淨！

然後呢？

就因爲我不舔，他就叫我們繼續掃！說什麼再玩啊？再玩就都不要回家啊？

眞是有夠扯的！到底誰會舔啊？

對，你記得一點也沒錯，後來我就不爽跑走了。

對吧？後來我就消失啦！

你們都以爲我乾脆氣噗噗回家了，其實呵呵……我的心胸這麼狹窄，哪可能什麼都沒討回來就回家啊？回家哭哭不就等於承認輸了嗎？

記得每次假日愛校服務的時候，訓導主任都會把他女兒帶去學校一起。

對對對！他女兒就白痴啊！就低能兒啊！

我記得是韓吉你說過，說大家都在偷偷傳，傳他女兒之所以阿呆阿呆的，是因爲訓導主任跟他的老婆，其實是堂兄妹的關係，對吧？是你說的吧？就近親相姦！禽獸不如的報應啊！

每次掃到行政教室前面的走廊，我們都會看到他女兒坐在訓導室，一邊吃東西一邊吹電風扇。記得吧？印象深刻吧？

他女兒眞的都在一直吃，超呆的，我看過她唯一稍微用到智商的動作，就是拿遙控器轉來轉去，還常常因爲轉不到卡通在那邊發脾氣。

那天我不爽不幹了，留你們繼續在那邊幫小便斗打蠟，其實呢，我是衝刺到學校斜對面那間清心，去買一杯特大杯的珍奶。

買來幹嘛？

主任不會永遠坐在位子上改作業啊，趁他去尿尿，我就用那杯超冰冰冰冰到一直滴水的特大珍奶，把那個白痴女釣出訓導室，釣啊釣啊釣……

通往那個行政大樓最頂樓的電梯暑假整個被停掉，我只好一邊走樓梯，一邊晃著特大珍奶，慢慢跟她說……喂！我跟我朋友打賭！賭一百杯珍奶喔！打賭妳知道吧？我們賭妳會不會從一數到一百！

蛤？妳說妳會？眞的假的啦妳眞的會！對啊我相信妳會啊！這是當然的啊！因爲我就是唯一賭妳會的人啊！打賭妳知道吧？就是輸掉會很慘的一種比賽！我賭妳會喔！妳該不會害我輸吧？

不然，保險一點，妳先從一數到一百給我聽，我確定妳眞的會，我再叫我朋友來聽！

對，妳現在開始數，從一開始，如果妳眞的會，這杯珍奶就請妳！對！就都給妳喝！吼我不會騙妳啦我幹嘛騙妳！這麼大杯我一個人怎麼喝得完？吼！我當然不會跟妳爸講啊！我跟他講幹嘛！

對對對……跟我走！邊走邊背！我朋友都在樓上等我，妳不要害我輸喔！

哈哈哈哈哈哈那個白痴女眞的就從一開始數耶！

從頭到尾！白痴女的眼睛根本沒在看我，只是死盯著我手裡的大珍奶！

老實說我忘了她到底是數到幾啦，反正！數得超級亂七八糟！我們就這樣用很龜速走樓梯走到行政大樓的最上面，那個頂樓，就是害我們洗得半死的那個水塔旁邊。

帶她那裡幹嘛？

眞的？眞的猜不出來？

稍微用一下腦啊！上面沒有腦就用下面的腦啊！

我把她的短褲拉下來，把內褲弄開，從後面直接幹她啊！

那她在幹嘛？

她一手扶著被太陽曬到很燙的水塔！一手抓著特大珍奶！拚命吸啊吸！

她一邊吸珍珠，一邊還很認眞數下去，什麼77……78……78……78……然後又忽然變成66……66……卡在莫名其妙的66超久！害我突然生起她的氣！我就罵她什麼66！67啦幹！差點把她嚇哭！

她爸她媽這樣近親相姦，把她這樣亂七八糟生下來！對得起數學老師嗎！

這樣看著我幹嘛？

我就眞的忍不住開罵啊！換成你你也一定受不了！

哇靠後來我眞的是幹到全身都汗！

對，那時候不是正中午了，但沒什麼風，空氣又黏黏的，不只是我熱爆，她也全身濕到像是在洗澡，我一邊幹她一邊罵她爸啊，一開始我只是罵好玩的，沒想到越罵越氣，越氣就越射不出來。我只好閉上眼睛，想一些看過的A片啊，幻想我是在跟孝班管樂社那個彈手風琴的在做，才勉強！勉強維持住一點感覺！

她還沒吸完珍奶，我就射了。當然是射在裡面。

我褲子穿好，用很賭爛的語氣跟她說，靠妳不能再吸了，因爲妳是騙子，妳根本不會從一數到一百，會害我輸。

結果她也沒哭，還乖乖把沒喝完的、剩三分之一的珍奶還給我。

她爸叫我舔小便斗耶！事情當然不能這麼結束！

我板起臉跟她說，因爲妳騙我妳會從一數到一百，等於騙了我三分之二杯珍奶，我很生氣，所以妳必須在頂樓罰站，直到我從一數到一百以後，妳才可以下樓。

哈哈哈哈哈哈她是要怎麼知道我數完啦？！

哈哈哈哈哈哈哈哈哈哈哈哈哈哈哈哈哈哈五告北七！

4

我不知道我現在的表情長怎樣。

反正，不管是什麼表情，這輩子都不會出現在我的臉上。

我看著一臉沾沾自喜的張博偉，這種超過我想像力的邪惡，他一定是在唬爛！

「不可能。」我試著用很篤定的語氣說：「你沒這個膽！」

「絕對！不可能！」韓吉也大力附和我：「那種！你根本幹不下去！」

張博偉臉色一沉，眼角瞪到都腫了起來：「什麼叫那種？哪一種？你碰過女人嗎？你的老二碰過你的手之外的東西嗎？告訴你，不管是誰，女人就是女人，那裡的感覺都差不了太多……」

「等等等等……」韓吉好像想到了什麼，兩手一拍：「寒假的時候！就快過年的時候啊！我們在那間後來拆掉的電影院附近吃甜不辣……」

幹！我也想起來了！

那天我們三個剛剛吃完甜不辣，張博偉問我們要不要去找他在工地管事的叔叔，張博偉聊到，他叔叔說可以趁最近比較不忙的時候帶我們偷開怪手。當時我笑著說，靠北啦誰要學開怪手啊的時候，就看見訓導主任牽著他的白痴女兒迎面而來！

訓導主任撞見我們，也嚇了一大跳。

我們當然不敢打招呼，訓導主任竟然也沒有跟以前一樣裝腔作勢地喝斥我們，尤其張博偉當時正在抽菸！很離譜，我們就這樣尷尬地錯身而過。

就在我們鬆了一口氣、一起作怪表情的時候，我們同時被雷打到……

好像？訓導主任跟他的白痴女兒剛剛，好像、應該、可能、疑似……是從轉角一間招牌髒髒的婦產科走出來的？

「對喔對喔對喔！那間很有名！上次仁班那個惠美就是被帶來這邊弄的！」

「惠美是被禮班那個高高的搞大肚子的吧？這邊可以幫未成年墮胎嗎？」

「有錢就可以吧？」

「不過我聽說不是禮班那個籃球隊搞大的，是她在補習班認識的小老師。」

不知道是誰起的頭，我們繼續無限延伸，亂講剛剛訓導主任不敢對我們大小聲，一定是作賊心虛啦！訓導主任一定是亂搞自己的白痴女兒，把女兒的肚子搞大了再帶她來墮胎！搞不好已經墮了好幾次，把婦產科給的集點卡都集滿了還可以免費加墮一次。真慘啊真可憐啊真恐怖啊！幹跟自己堂妹生下來的白痴女兒，親上加親，亂上加亂，根本就是低能兒的繁殖場啊！

原來……

原來！

是，訓導主任是真的很機掰，就算他出門被車撞死、吃東西噎死、或是在夜市被混混認錯人亂刀砍死我都無所謂，可能還會拍手。但，訓導主任常常帶去學校陪上班的那個女兒，就真的是白痴啊！貨真價實的白痴啊！她兩隻眼睛分得很開，一眼就可以看出是智力缺陷那種！

張博偉連哄帶騙把她帶去頂樓幹……這算什麼？

我一定沒有笑。

就真的笑不出來啊。

這是多恐怖的惡意！很壞！

但韓吉還是用最快的速度擺出一張笑臉，雖然看起來很假，但也算是應付了一下張博偉的恐怖故事。

真厲害，我就做不到。

「怎樣？」張博偉怪怪地笑。

「什麼怎樣？」韓吉一副輕鬆的樣子，雖然也是假裝出來的。

「什麼什麼怎樣？說完了啊！」張博偉看著韓吉，又看著我，晃晃手指：「當兄弟，不是在手指上刺幾滴血，說要結拜就叫兄弟。」

「……」韓吉跟我真是無話可說。

「要當兄弟，就來換。要換，就換這種！」張博偉做出可怕的結論。

「我聽你在喇叭。」我很努力在表演笑，希望看起來不要太離譜。

張博偉瞪了我一眼。

幹，瞪……瞪三小！

「你覺得我很壞？後悔交我這個朋友？」張博偉好像真的開始生氣。

「……壞？還好吧，我只是覺得你在唬爛。」我打哈哈。

「其實，我不覺得……張博偉在唬爛。」韓吉的聲音變低了：「每個人都有，不想讓別人知道，甚至喔……也不想被自己發現的那一面。」

張博偉豎起了大拇指，用力，在醺醺的空氣上連續按了十個讚。

這時，一隻正在地上爬來爬去的蟑螂，爬到了我的鞋帶上。

我下意識踢了一下，蟑螂飛了起來，小小嚇了我們三人一跳。

韓吉看好那蟑螂落地的方向，撿起地上一塊缺角的破磚頭。

他的眼睛，死死地盯著剛剛落地的蟑螂。

「……我以為，那件事我絕對不會跟任何人說。」

5 韓吉

上學期李強開的數學爲了跟陳聰明搶學生，不是有開放兩個禮拜免費試聽嗎？那時我問你們要不要一起去補習班認識別校的女生，你們都沒興趣，我只好一個人去了。嗯嗯嗯……不是，我不是要說女生的事，也不是要說補習班有鬼那種，呵呵我其實哪可能眞的去試聽什麼課啊，我都在吹冷氣睡覺，根本也沒認識到誰。

重點是，李強開的補習班，不是在農會那棟樓嗎？農會就後火車站那邊，每次補習完都已經九點半了，騎腳踏車都會經過一堆路燈要亮不亮的地方。在一個平交道附近，對，你知道我在說哪裡，那個平交道旁邊有一個橋墩，那裡蚊子很多，亂丟的垃圾也很多，還有一些廢棄的大型家具也堆在那裡，夠沒水準的。

我騎車遠遠看過去，都只會看到一個流浪漢、跟他堆在橋墩下的一大堆家當，有棉被，很多塑膠袋，一個用來當枕頭的旅行袋，還有幾個酒瓶很整齊堆在旁邊，應該不是每天喝酒，酒瓶是不斷重複利用的感覺。

一開始我眞的只是剛好經過，但每次經過，都會忍不住多看那流浪漢幾眼。

我不知道那個流浪漢白天都在哪裡混，有沒有去打零工。不知道，也沒興趣，但反正晚上他都在橋墩下睡覺，要不，就是在餵一隻狗。

當然是一隻野狗，黑黑的，好像有一點皮膚病，不管了牠暫時也不是重點。

後來免費試聽的課結束啦，沒免費的冷氣吹、也沒妹可以看啦，放學後跟你們一起混完，我還是會有意無意地騎去那邊，去看他，去研究他。

我看久了，就開始產生一些怪怪的假想。

從我觀察開始，這個流浪漢，好像跟這個世界上的所有的東西，都沒有關係。

我從來沒有看過有誰在跟他講話，別的流浪漢，沒有。社工，沒有。警察，沒有。討債的，沒有。給他東西吃的好心人，沒有，至少我沒看見。

都沒有。

從頭到尾，就只有那隻黑黑的野狗，那隻野狗就是他跟這個世界唯一有關係的東西。好吧，頂多再加上我，一個很無聊的高中生。

我開始買茶葉蛋，或是我吃剩一半的麵包，我家快放到爛掉的橘子，趁他睡著時躡手躡腳走過去，放在他旁邊。

不曉得那個流浪漢是不是裝睡，還是眞的睡得很死，每一次他都沒有察覺到我在接近他，也沒聽見塑膠袋放下來窸窸窣窣的聲音。他從來沒有睜開眼睛。

其實，就算火車經過平交道那麼大聲，也吵不醒他。

試了幾次，放下要給他吃的東西後，我也沒有馬上走開，而是蹲在旁邊看。看他睡覺。

我是不是有點變態？

我的腦子一定有一些不正常的東西，只是以前我沒機會發現。

好幾次，我近距離看著那個流浪漢睡覺，都被蚊子咬得很慘，這眞的很離譜喔，那些蚊子沒有對他有興趣，只咬我，不咬他。

他，好像什麼也不算。

這個世界有他，跟沒有他，根本就沒有任何差別吧？

有一天，當我把一袋快爛掉的蘋果放在他旁邊時，我突然有一個念頭……

該不會我殺了他，也不會有任何人發現吧？

喂？哈囉？這樣看著我幹嘛？

我要鄭重澄清，就算是現在，我也不覺得我是一個會殺人的人。

但殺人……嘖嘖……

我想，大部分的人之所以不會殺人，應該還是覺得殺人會帶來很多麻煩、會連鎖反應生出本來不用處理卻不得不處理的事，而不是殺人這件事本身有什麼難度吧？

我看著流浪漢那張睡熟的臉，看了很久很久。

我突然有點驚訝，我實在是看不出來他到底是幾歲，看起來是老，還是不老。那張經過很多流浪歲月的臉，卻看不出背後有什麼……有什麼複雜的人生故事。

眞要我說的話，那就是一張，跟這個世界完全無關的臉吧！

我像現在一樣，撿起一塊磚頭。

我蹲在他旁邊，開始幻想用磚頭砸爛那張臉。

幻想喔！只是幻想喔！我幻想暴砸！狂砸！把他的鼻子砸扁！尖尖的磚角把他的眼睛插到爛！牙齒噴出來！臉骨歪過來……又歪過去！

我幻想自己就像個藝術家，用手中的磚頭把他的頭扣扣扣！打鑿成新的樣子，敲敲！扣扣！咚咚！

不知道過了多久，我手中的磚頭終於放了下來。

我鬆了一大口氣，好像剛剛那幾分鐘都忘記呼吸一樣大力喘了起來……

靠，光是幻想就讓我滿身大汗耶！要是眞的殺人那還得了？

你問我……幹嘛說這麼無聊的故事？

因爲他的眼睛突然睜開啊！

6

我看著，正拿著磚頭砸爛蟑螂的韓吉。

韓吉砸得很專注，每一下，都將蟑螂屍體砸得汁液亂噴。

我有點暈眩。

「我沒有很驚訝，因為跟我在幾秒前幻想的……其實沒有差很多。」

韓吉靜靜地看著早就變成一沱稀爛的蟑螂肉汁：「突然就把磚頭砸下去，我也想說連我自己也嚇了一跳，但沒有耶，就真的沒有，大概是用幻想演練過了一遍，我真的是一點意外都沒有。可能有點像是重複罰寫，或是抄考卷吧？我好像舉錯了例子。」

「……」我提醒自己要記得呼吸。

「砸一下，就等於砸一百下。我沒有害怕，也沒有興奮，過程中只剩下很單純的好奇心啦，我有時候會停下來，調整一下角度，然後繼續。我說真的，我也很想把過程形容得更仔細，更變態，把你們嚇得不要不要的，但……其實我現在沒有真的想起來全部的細節，只記得一直震震震，震到我的手腕很痛，痛了超過兩個禮拜。」

「那屍體呢？你用什麼分屍？」張博偉竟然問得這麼專業。

「我哪敢啊！分屍很噁好不好！」韓吉嗤之以鼻：「我又不是變態，我整個不知道該怎麼辦啊！我只是一邊發呆，一邊把那塊都是血的磚頭放進我本來要給他吃的那袋爛蘋果裡，然後騎到河濱公園，一起丟到水裡啊。」

「……就這樣？你就把屍體丟在那邊？」我不解。

「不然咧？」

「什麼不然咧！」我很傻眼：「你殺了人耶！」

「我比你更驚訝吧？後來連續好幾個禮拜，我天天看報紙，看電視，看網路，都沒有看到任何關於那個流浪漢被殺掉的新聞，好像那個流浪漢死掉了……或是他曾經活著這件事，根本沒有發生過。」

「說不定，只是還沒有人發現，嗝～～～」張博偉打了一個很臭的酒嗝。

「就……很偏僻啊？」我皺眉。

「上個月，我鼓起勇氣騎過去平交道偷看，當然是白天。那個橋墩下面喔，只剩下一卷爛掉的棉被，其他什麼都沒有耶，屍體不見了，空酒瓶不見了，地上看起來像是血跡的顏色也不確定是不是血跡留下來的，就連電影裡面常常看到的封鎖線，就黃黃的那種，都沒有。」韓吉看著沾黏在磚頭上的蟑螂腳，繼續說：「所以就跟你說，真的有一種人，不管活著，還是死掉，都跟這個世界一點也沒有關係。」

「那……不是有一隻他很常餵的野狗嗎？」我愣愣地問：「你去的時候，還有看到牠嗎？」

我不知道我的問題哪裡好笑，只見韓吉噗哧笑了出來。

「你還記得啊？王鴻全你真不愧是準國立大學好學生！那隻小黑喔……我就沒有再看到牠了啊。如果我回去橋墩下面看，結果看到那隻小黑趴在那條爛棉被上等流浪漢回來，不離不棄，那不就很感人？新忠犬小黑啊！但沒有耶，一直都等不到吃的，不管是小黑還是小黃小白早就都走了吧？結論就是，直到最後，連這個流浪漢唯一跟這個世界上有過一點點點點點接觸的東西，其實……也沒什麼關係。」

「是喔，那也很好啊。」張博偉不置可否：「零減零，等於零。」

「你那是什麼數學啊？零減零什麼意思啊哈哈哈哈！」韓吉大笑。

「哈哈哈哈那你會夢到他來跟你討命嗎？還～～我～～命～～來～～～」

「那你會夢到那個白痴騎在你身上嗎？搖啊搖啊搖啊搖～～～～」

「那個白痴女又沒死是要怎麼託夢跟我修幹啦！北七喔！」

他們兩個人一搭一唱，讓我不寒而慄。

一個強姦弱智害她墮胎，一個像殺蟑螂一樣殘殺流浪漢。

明明就國中同校三年加高中同班三年，我卻好像從來都不認識他們。

還是，有問題的人，其實是我？
是我過於正常了嗎？
還是我看起來最正常，其實才是一種偷偷的反常？
會不會這個世界上，每個人其實都有一個，至少一個，絕對不能跟別人啟齒的黑暗祕密，才是真正的真相？才是正常？
現在，這兩個面目模糊的強姦犯跟殺人犯，正同時看向我。
「靠，你們到底說真的還假的啦？」我擠出一個怪表情：「整人大爆笑喔？」
他們沒有回答，只是靜靜地看著我。
等我。
半夜了，頂樓的風突然變得特別冷，我手中沒喝完的啤酒也重了起來。
「好啊，換就換。」
我深深吸了一口氣。
「真的不可以講喔……其實，我一直都懷疑我爸外遇，嚴格說起來，是第六感。」我搓著手，刻意加重語氣：「上個月，我趁我爸去洗澡，我看見他手機下面壓著幾張鈔票，有千有百，嗯……我就跟以前一樣，偷偷從裡面抽一張出來暗槓。」
張博偉跟韓吉沒有改變聽故事的姿勢，於是我又把語氣緩了一緩。

都給我聽好了。

「就在我抽掉一張一千元的時候，手機突然震了一下，有新訊息！」我忿忿不平地加大音量：「我爸應該不會突然衝出來吧？浴室的水聲還沒停吧？馬上！我大著膽子翻過來看，哇靠！」

「哇靠三小？」韓吉不解。

「一個女生傳一堆很色的話給我爸！靠！大頭貼我不敢點下去放大，怕變已讀！但看得出來是一個年紀很小的女生！假大學生那種！」

「啥啦？不就你爸的小三在叮咚他？」張博偉的眼睛都快凸出來了。

「我爸還常常去喝茶咧，你是要換什麼？」韓吉一臉在看白痴的表情。

「我爸跟你爸又不一樣！靠我爸他滿嘴大道理耶！他……」我大聲起來。

「對啦韓吉他爸愛開查某！我爸超廢整天只會釣蝦，我們的爸爸都是垃圾，跟你爸不一樣啦！」張博偉突然靠起來。

我連忙否認：「我不是這個意思。」

張博偉用手指猛力地戳了我肩膀一下：「你就是這個意思。」

韓吉的臉色也很難看：「喂，拿你爸出來換是什麼意思？換一點你自己的好不好？我們剛剛，都是拿命在跟你換！」

幹……好像真的有道理。

我的臉好熱：「換就換啊！」

「換啊！」

「快換啊！」

我臉上的燥熱傳到了脖子，連耳朵都慢慢燙了起來。

「先說好，這件事我真的真的不想講，也真的真的不想讓你們知道。」

「在聽了啦！」

「教數學的老高不是有兼教務主任嗎？他的座位旁邊就是影印機。」我努力表現得很壓抑：「我就常常當學藝股長啊，每一次月考的前兩天，我都會趁送教室日誌去教務處的時候，假裝突然想到有什麼東西漏寫，就在影印機那附近晃啊晃啊……如果影印機沒在幹嘛，我就走，等下次再來。如果影印機正好在印月考考卷……」

「等一下！」張博偉很快就打斷我：「等等等等等等！」

「你是不是要說，你會趁機偷考卷？」韓吉脖子一歪，張大嘴巴。

「幹！對啦幹！」我表現得氣急敗壞：「高二每一次的數學月考考卷，我都會事先偷幹一張，幹真的很不想講這件……每次數學我都拿全班最高分，其實都是作弊，操！真的很丟臉，報應就是我大考時數學反而掉分掉得很離譜，要不然我可以甄試上更好的……」

張博偉很不客氣，用力推了我一大下：「『王鴻全！你真的很誇張！』

「怎樣！不是要換！」

「你偷考卷算什麼祕密？」韓吉也靠了過來：「還有，你偷考卷卻沒給我們知道，自己一個人考高分又是什麼意思？」

「不是！是你們平常完全沒在念！突然考高分絕對會被懷疑是作弊好不好？如果你們稍微有念，至少平常要裝一下，我再洩題給你們一起抄才有意義啊！要是你們被抓，扯出我，我不知道有多倒楣！而且，你們又不是不知道我爸最在意我的成績！」我慌亂地解釋：「好了啦！都是我的錯可不可以！我就說我真的不想講了啦！」

嗯？我應該表現得夠慌張了吧？這種程度的自婊應該過關了吧！

高中三年我偷了至少十八次月考考卷！沒有一次跟你們分享！

沒義氣！比爛更爛吧！乾脆讓你們打我一頓好了！來吧！

「重點是！」張博偉的身體整個擠了過來：「王鴻全？你現在衝去跟校長講你偷考卷，是會被退學喔？是說，被退學又怎樣？你要換這種？」

我只好用吼的，放大我心中的痛苦：「靠！每個人在意的東西又不一樣！我就很在意成績啊！不管跟你們混得有多誇張！愛校服務愛幾次！我就是盡量熬夜讀書考高分啊！我就好學生啦！」

韓吉明顯沒有買單，對我也是用力一推：「你這樣……」

張博偉再加上一推：「你用騙的，騙我們把最髒的祕密跟你換。」

我被弄得後退又後退：「我哪有騙，就說是你們自己太誇張！」

比我矮了半個頭的韓吉繼續使勁推我：「現在是怎樣？打算弄我們一輩子？」

我強硬起來：「我又不會說！」

張博偉比我矮一點，卻比我壯很多，他一手架住我的肩膀，將我往後一壓：「我知道韓吉不會說，因為他跟我換。」

韓吉的手也架上我另一隻肩膀，用力把我晃了晃：「我很清楚，張博偉絕對不會弄我。因為我跟他之間是——等、價、交、換！」

不知不覺，我的背頂到了硬硬的矮牆面。

原來我已經被他們兩人聯手架著，晃啊晃啊晃到圍牆邊。

圍牆邊緣的迴風，正恣意颳著我汗濕了一片的後腦勺。

我緊張到眼鏡都起霧了：「反正我不會說，靠……不然來發誓啊！」

張博偉好像在笑，又好像沒有：「我們一個強姦，一個殺人，然後你老爸外遇你偷考卷，最後加一個大家一起發誓？哈囉？這樣真的可以嗎？王、鴻、全？這樣，真的，可以，嗎？」

「不然想怎樣啦！把我從這裡丟下去是不是！靠北喔哈哈哈哈哈……走了啦！都幾點了！高中畢業就不用回家是不是！」

我笑笑抓住他們的手，想硬是從他們之間擠出去，卻無法動彈。

張博偉的眼睛像是快噴出火。

韓吉看著我，就像看著剛剛那隻突然飛起來的蟑螂。

我不知道頂樓是幾樓，但三樓到九樓都是錢櫃包下，剛剛我們從廚房幹了一箱啤酒後至少多爬了兩層防火梯。

總之，從這裡掉下去，最幸運是頭部著地馬上暴死，其他的掉法通通不理想。

我的眼鏡霧到不行，腳抖得很厲害。

「幹！就算我說出去也沒證據好不好？」

我試著不顫抖、好好講理，拜託每個字都給我聽進去：「主任的女兒都打掉多久了，學校去年也沒監視器！她阿呆阿呆就算認出你也沒人信啦！韓吉！你那個更扯，磚頭上面的指紋早就被魚吃掉了，就跟你說的一樣啊！那個流浪漢有等於沒有，零就是零，警察才不會自找麻煩ＯＫ？拜託不要那麼無聊！」

張博偉笑了。

絕對是一個假笑。

是那種，一點也不怕你發現是假笑的那種，絕對的假。

「你……是不是怕我們把你丟下去？」張博偉架在我肩上的手，可沒鬆開。

「怕什麼？就說我不會講了啊！」我絕不可以承認。

承認怕了，等於徹底否定我們之間的友情。

這種背叛，跟偷考卷卻不分享的那種背叛，完全不在一個等級。

「是嗎？你的表情不像喔。你是不是，真的以為我們會把你丟下去？」

「就說沒在怕啊！我們……」我必須盡可能地大吼：「是朋友啊！」

張博偉慢慢鬆開手。

韓吉看了一下張博偉，也鬆開我的肩膀。

「最後一次機會。」

張博偉用我從沒聽過的命令語氣：「來換。」

換？

換？換？換？換？換？換？換？換？換？換？換？換？換？換？換？換？換？換？

換？換？換？換？換？換？換？換？換？換？換？換？換？換？換？換？換？換？

換？換？換？換？換？換？換？換？換？換？換？換？換？換？換？換？換？換？

換？換？換？換？換？換？換？換？換？換？換？換？換？換？換？換？換？換？

換？換？換？換？換？換？換？換？換？換？換？換？換？換？換？換？換？換？

換？換？換？換？換？換？換？換？換？換？換？換？換？換？換？換？換？換？

換？換？換？換？換？換？換？換？換？換？換？換？換？換？換？換？換？換？

我的腦袋從來沒有這麼高速運轉過。

彷彿有一台強力渦輪電風扇出現在我的額頭裡，用最高速 TURBO 大爆發，瘋狂旋轉的金屬葉片只用零點一秒就徹底攪碎了我的海馬體，將我經歷過的、沒經歷過的大小事件，通通都攪亂混到了一起。

有了！

有一件事！

一件轟動全校、甚至上了全國新聞版面的可怕事件！

我頹然坐下。

摘下了霧茫茫的眼鏡，我用手指粗暴地抹掉鏡片上的水氣。

「……我現在跟你們說的事，這輩子，下輩子，都不准說出去。」

7 王鴻全

不要以爲我是什麼好學生。

比起你們完全不在乎成績，爲了滿足我爸的虛榮心，我很辛苦好嗎？

高二下期末考一結束，我就知道我整個考砸了，完蛋了，只要成績一出來，我一定會被我爸打死。

我靈機一動，每次全校的大考一考完，不分年級，考卷都會集中鎖進教務處的大鐵櫃一個晚上，隔天才會分送給不同年級的學科老師批改。

把握這點，在半夜，我一個人潛入教務處，打開鐵櫃……

爲了掩蓋眞正的目的，不只是我們班自己的考卷，我把全校所有的考卷，高一，高二，高三，每一科，加起來十幾箱，不，至少二十幾箱，都搬到行政大樓後面空地的垃圾子母車裡。

眞的很累，我只有一個人，至少呆呆搬了三個小時吧？眞的搬得腰快斷掉！

幸好那時過了十二點，又是期末考結束，平常會留校讀書的假掰鬼、或晚上佔籃球場打全場的管樂社，一個都沒看到，讓我不用搬得疑神疑鬼。

好不容易！眞的是搬到蕩氣迴腸！當我把汽油淋上那二十幾箱考卷、要點火的時候，我的手抖抖抖抖抖……差一點抖到把打火機掉在子母車裡面！

火一下子就燒得很大。

我看著那個火在子母車裡面越燒越旺，我身上的汗一下子就被烤乾了，全身熱呼呼，好像站在游泳池附設的烤箱裡面，享受一種……叛逆的獎賞！

很舒服！很爽！

明明就在做壞事，卻有一種破壞體制的榮譽感，好像我其實是俠盜，正在冒險幫全校所有人解決升學的苦難。

這也算是一種變態吧？

總之，那團被考卷生起的大火眞的讓我有點陶醉，如果繼續待在現場不會被抓到的話，我一定站在那裡欣賞到底。

哈哈，眞抱歉啦，就爲了我一個人考不好，害大家在一個禮拜以後不得不再重考一次……哈哈哈哈哈哈哈哈哈！

8

看到張博偉跟韓吉目瞪口呆的表情，說得意猶未盡的我，也只能欲言又止。

「後來火星飄飄飄……飄到體育器材室，順便燒掉了一整排一樓跟二樓的低年級教室，搞到半夜消防隊緊急出動，噴水噴到隔天中午，你這一手……真的很誇張！」韓吉讚嘆拍手。

「只是小小的副作用啦。」我有點欲言又止，卻也只能不情願地解說下去：「一不小心燒成災難，還上了全國新聞，我真的嚇死，超後悔的，我整整擔心了好幾個月。自從出了那件事，學校才全面裝上監視器。」

張博偉看著我，有點困惑地問：「但你是怎麼打開教務處的門啊？還是它根本沒鎖？不可能真的沒鎖吧？」

我從鼻子噴了一大口氣，不屑地說：「那有什麼難的，反正我只是要進去，又不是要假裝沒人進去過，所以我直接破壞啊！」

「是喔？是鐵鎚嗎？」韓吉作勢敲敲：「硬把喇叭鎖敲掉！」

「算是吧。」我很快帶過。

「這麼酷的事，你幹嘛不叫我跟韓吉去幫你啊？」

「很丟臉啊，你們完全都不鳥成績，就我很在意，那我不是很遜嗎？」

「不管怎樣燒考卷就是很酷啊，燒全校耶。」張博偉看向韓吉：「你給過嗎？」

「單純燒考卷……是遠遠沒有殺人跟強姦嚴重啦！但不小心燒掉兩排教室，連續上了新聞好幾天，被抓到就不是退學而已，一定會害你爸賠到賣房子。」韓吉想了想：「我覺得……好像可以。」

我瞪眼：「什麼好像可以？根本就超恐怖的好不好。」

張博偉微微搖頭，有點不情願起來：「問題是，證據呢？」

韓吉一臉突然被提醒的恍然：「對喔！說不定根本就不是你做的啊。」

我頭皮發麻，喉嚨卻搶先扯開來：「幹！什麼叫不是我做的！不要以為全世界只有你們壞！你們說什麼就算，我說就是放屁嗎！」

張博偉說的一副理所當然：「那你發誓啊，發誓說是你做的。」

不管怎樣，我是真的開始生氣了。

「我發誓啊，有什麼不好發誓的？靠，少看扁人，我是真的很不想提這件事好不好，要不是你們這麼這麼這麼機掰，這個不能換，那個也不給換，誰想講啊？」

張博偉的語氣倒是很平靜：「所以你發誓，考卷真的是你燒的，那兩排教室也都是你為了燒考卷，不小心燒掉的？不然就會……吞下想都想不到的，報應？」

我大聲：「我發誓啊！」

只見張博偉慢慢從口袋裡拿出手機，把螢幕轉向我。

幹！他竟然在錄音！

「靠！幹嘛錄？刪掉啦！」我心跳得好快，視線好暈。

「怎樣？警察是不能聽喔？」張博偉裝出一副好天真的賤樣。

「你敢報警你就死定了！刪掉！」是怎樣！我伸手硬是要抓。

「我要紀念啊！」我的手當然被張博偉輕而易舉撥開。

「紀念三小！我可以跟警察說我是被你們逼著亂講的啦！」我氣急敗壞，無論如何我一定要刪掉：「你報警也沒用！誰都沒有證據！」

張博偉哈哈大笑，閃來閃去：「報警有沒有用我怎麼知道啦！問警察啊哈哈！」

韓吉哼哼：「好啦不要玩他了啦！」

張博偉板起臉：「誰跟他玩了？我們兩個人的把柄都在王鴻全手上耶？他隨時可以弄死我們！……王鴻全！你要不要快點承認，你剛剛騙了你最好的，兩個朋友！」

我還是搶不到手機，越搶不到就越氣。

「騙什麼！考卷我燒就燒了，有什麼了不起！至少沒有死人！」

韓吉也跟著起鬨：「哇靠你還在騙，就說給你最後一次機會！」

張博偉把手機丟給韓吉：「快點承認你是唬爛的啊，燒考卷……你沒這個膽！」

我的頭真的快要爆炸了，伸手就往韓吉那搶手機。

「什麼叫我沒這個膽！告訴你你們都不認識真正的我啦幹！給我刪掉喔！不然我就跟警察說……說……」

韓吉笑嘻嘻把手機丟還給張博偉：「說？說什麼？」

張博偉嗤之以鼻拿起手機，在我面前大大方方按下了錄音刪除鍵。

我剛剛那一整串情急之下的胡說八道，還真的被刪除了。

「知不知道，為什麼我們知道你說謊？」張博偉快速滑起手機。

我鐵青著臉，醞釀著要如何拼湊出一句最強程度的狠話。

在我就要想出來之前，張博偉的手指已先一秒滑到了他想要找的東西。

張博偉將手機轉了過來。

那是一張對比強烈、噪點超多的夜拍照。

我全身寒毛豎起。

張博偉跟韓吉站在燃燒的垃圾子母車前，雙雙比著中指的鬼臉自拍。

「因為燒掉考卷的，是我們。」

9

我的手裡，拎著一只沉甸甸的玻璃酒瓶。

酒瓶裡滿滿滿，裝的卻不是酒，是尿。

我們三個人一起射進去的，溫溫的尿。

尿的溫度沿著玻璃慢慢擴散，滲透進我的手指肉。

他媽的我拿著尿要幹嘛？

如果是要捏著鼻子把三人份的尿一口氣喝掉，那就好了。

真的，那就好了，我一定心甘情願不廢話灌掉，還可以續杯。

但我拿著尿幹嘛？

張博偉笑嘻嘻地勾著我的脖子：「你不要那張臉，這個報應是你自己討的。」

「拜託王鴻全！跟我們做過的比起來，你正要去做的根本小兒科好嗎？」韓吉用力拍了一下我的屁股：「便宜你了啦！」

就是這樣。

當兄弟，就要交換最髒的祕密。

拿不出命等價交換，又加碼說謊被戳破的我，只剩下⋯⋯

只剩下⋯⋯

我們三個靠上停在陰暗騎樓的一排機車，眼睛盯著小巷的轉角。

「你就認真祈禱啊，等一下出現的是一個喝醉的老先生啊！」張博偉吃吃笑。

「祈禱真的有用！不要放棄跟神講話啊王鴻全！」韓吉笑著說風涼話。

「啊啊啊啊啊！那如果出現的是一個五歲的小孩，那還要砸嗎？」張博偉裝吃驚：「會不會天理不容啊？」

「要啊，不就講好了嗎？不管誰出現都要衝過去砸！」韓吉嘰嘰歪歪：「不管是誰的是意思就是！就是！出現的就算是王鴻全他爸！你爸！我爸！也要衝過去砸啊！」

「放心啦嚇你的啦！現在都幾點了？五歲小孩怎麼會在外面跑來跑去！」張博偉哈哈大笑：「哇靠你的臉都白了耶！」

「記住喔！砸鼻子以上就可以了！」韓吉又是一陣眉飛色舞：「不要砸後腦⋯⋯砸後腦說不定真的會死！」

「真的啦王鴻全！你只是砸尿就可以跟我們換，真的賺到賺到！」

「抱著感恩的心！用力給他砸下去就對啦！」

「溫馨提醒！不要被電影騙了，玻璃瓶很硬很不好砸！沒破要再砸一次！」

「拜託你一次就砸成功！握好！瞄準！用力給他K下去！」

張博偉跟韓吉一搭一唱，搞得我越來越緊張。

越來越氣！

越氣就越無法集中精神，去預演等一下會發生的種種可能。

雖然祈禱好像跟作惡無關，但比起我後面那兩個強姦跟殺人的，神明應該還算願意聽我說說話吧？

我用相對善良一百倍的心誠懇祈禱，等一下出現在轉角的，是一個喝得爛醉的中年大胖子，男的。

喝醉，比較好砸。

大胖子，追我跑不動。

中年，比老人難死一百倍。

男的，臉不小心被我砸出傷口，以後留下疤，我比較不會內疚……比較啦……

「我只是先確定一下……如果都沒人走過來，天就亮了呢？」我壓低聲音：「這樣應該就算了吧？」

「哇！如果真的都沒人從那邊走過來，天就亮了！那……」張博偉看著韓吉。

「哇哇哇，真的有可能會這樣嗎？離天亮至少還有兩個小時耶？」韓吉一副故意找麻煩的賤臉：「反正不能就這樣算了，有把柄在你手上，我回去會睡不著啊。」

「改明天？」張博偉裝天真：「明天再喝啊，再出新條件啊？」

「我明天有空。」韓吉給予肯定。

「真巧！我明天也有空！」張博偉裝好奇：「王鴻全？請問你明天有空嗎？」

我正想大罵一串幹你娘塞你娘幹你老師組合拳，巷子轉角就走出一個人。

他們兩個馬上閉嘴。

一個梳著油頭的中年男子，一邊抽菸，一邊頭低低講手機。

與其說這個油頭男正往我們走過來，不如說，他只是在講電話，然後在轉角那邊隨便走來走去，晃來晃去，一下子有看到人，一下子整個退到轉角後面抽菸，很快便又繞出來繼續講電話。

我注意到他的脖子上有一個刺青，刺青的面積很大，不管刺龍刺鳳還是刺豹，都不是什麼好事。而且他兩隻耳朵都掛了一整排金屬環，明顯 8+9，超有戰鬥力啊！

我轉頭看向張博偉跟韓吉。

喂？哈囉？這種很可能跟黑道有關的人……算是約定的例外吧？

我是要做壞事交換，不是要去幹架把事情搞大啊！

只見張博偉跟韓吉懶洋洋靠在機車後座上，並沒有一副快去啊、講好就講好了咩的催促表情。

他們只是淡淡地看著我，我完全看不懂他們在淡淡什麼意思的。

打從心底覺得我就是不敢嗎？

在等我開口跟他們求饒嗎？

幹。

如果這一個我跳過不砸，他們開出的下一個新條件只會更可怕。

我深呼吸，抓緊酒瓶，轉過頭，瞪著那個轉角後面的菸霧走去。

不要想！

不要思考！

砸了就跑！

我走到轉角。

那個還在講手機的油頭人，大剌剌站在一間打烊的當舖門口。

他正在電話這頭使勁罵人。

好像是對方欠他錢？

不不不，聽起來好像對方是欠他公司？

公司？是黑社會的組織嗎？

我好像有聽到保險這兩個字，所以是保險公司？他在保險公司上班嗎？

光什麼？光利息就幾百萬？哇是放高利貸嗎？

他就站在當舖門口。

當舖好像都是黑道在經營的對吧？至少跟黑道有關吧？

我心跳得好快！不管是不是正港黑道，他看起來就絕非善類啊！

這個真的要跳過要跳過要跳過要跳過要跳過要跳過要跳過要跳過要跳過要跳過要跳過要跳過過要跳過

要跳過要跳過要跳過要跳過要跳過要跳過要跳過要跳過要跳過要跳過要跳過

等等？

他一隻手抽菸，一隻手在講手機？

兩隻手都有事！

這傢伙沉浸在討債的對話往來裡，根本沒看我一眼，注意力超飄忽！

很好！

時機很棒！用力砸下去他絕對來不及反應！

……我沒有停下腳步。

手中的尿尿玻璃瓶好像黏死在我的手指上。

我就這樣目光呆滯、身體僵硬地，與大聲幹罵手機的油頭人錯身而過。

我越走越快，越走越遠。

稍微用腦子也知道，我已經閃過轉角，大大擺脫張博偉跟韓吉的監視了。

不要再管什麼交換祕密！

我最應該做的，就是從這裡開始跑回家，頭也不回跑回家！

但……

從此避不見面，撇下張博偉跟韓吉？

把我的國中三年加高中三年一筆勾銷？

是。在很久以前，我就知道我跟他們不一樣。

我只是在假裝，用叛逆營造一種錯覺。

我沒有假裝的，是我真的不喜歡回家。

所以我假裝喜歡服裝不整。假裝我喜歡刮老師的車。假裝我喜歡愛校服務。假裝我喜歡罵髒話。假裝我喜歡把酒瓶丟下樓嚇壞路人。

這些假裝，都是為了不想回家，所以我就常常跟他們兩個混在一起。

我沒有一秒覺得自己跟張博偉、韓吉之間的友情是假的，跟他們混在一起，偶爾幹點無傷大雅的壞事，我是真的覺得很好玩。

但覺得好玩，跟喜歡，是不一樣的。

跟不愛讀書的他們繼續混下去，一起黏在這個不上不下的、煙囪一直噴噴噴的、所謂的家鄉，我的人生絕對不會有什麼，像樣的好事發生。

我心中雪亮。

所以不管我混到多晚回家，我都會熬夜寫考卷，還網購了一個線上衝刺班。

等到我上了好大學，張博偉、韓吉，就只會變成過去，變成我會跟大學交的新朋友說起好笑過去的那種陳年老友，偶爾過年回鄉約出來吃吃熱炒——那樣就好。

不，那樣最好。

我早已默默將他們當做是荒唐青春的註記，僅此而已。

我很珍惜跟他們相處的時光，是真的，因為我知道這一切都不會繼續下去。

今晚，我一下子聽到那麼恐怖的祕密，還連續兩個，我當然很害怕，被嚇到，感到備受威脅，雖然也是因為他們真的超級誇張，但說到底，他們之所以跟我說那種等級的祕密……不就！

不就是把我當真正的朋友嗎！

就在我默默計畫用去大學念書、自然而然、按部就班疏遠他們的時候，他們！還是把我當朋友！可以交付一切的朋友！

再髒！再爛！再不堪！再黑暗！他們都沒有打算瞞我！

他們不怕我知道他們的真面目！

我這麼自私！偷偷把他們註記成過青春的過去式！

但他們！

一直把我當朋友啊！

等我回過神，我已經站在油頭人的面前。

「……」油頭人本能地抬頭，兩眼無神地望向我。

「拍謝！」

我一瓶揮下！

10

破開！

尿水！尿水同時在油頭人的頭上炸開！

我拔腿就跑！

跑向騎樓彼端，正在等我凱旋而歸的兩位摯友！

「幹！你幹嘛！」張博偉一臉嚇瘋，第一時間跟著跑。

蛤？

「幹嘛跑這裡啦！」韓吉驚慌失措，狼狽開衝。

蝦米？

突然，我聽見被我砸了滿頭尿水的油頭人在後面大叫。

「幹！賣造！」*

我們三人邊跑邊往回看。

只見油頭人身後突然竄出五、六個黑衣人！朝我們衝過來！

「臭卒仔別跑！」「看一下老大！」「哪個堂口！大聲報名！」「幹你娘跑三小！有種別跑！」「塞你娘到底是誰！」「穿制服！哪一間！」「還跑！抓到馬上打死！」「還跑！」「叫人！附近的都叫來！」「是不是鷹堂！」「操你媽鷹堂！」「打電話！」「打給興哥！」「不要吵興哥！人先抓到！」「人沒抓到打給興哥衝三小！在前面！」「先叫阿傑！」「幹你娘分開！你去那邊！」「幹喝太多！」

啥啦！那一大堆牛鬼蛇神從哪跑出來的！

幹！是當舖嗎？那間當舖不是很明顯打烊了嗎？裡面原來有那麼多人！

突然被一堆黑道追，我們三個跑得頭皮發麻，在小巷子裡鑽來鑽去。

「王鴻全你幹嘛真的砸啦！」韓吉跑過全年級百米第三，跑在最前面。

「……不是說好了嗎！不是要換！」我整個不知所措。

「你白痴喔！你智障嗎幹！」張博偉竟然生氣了：「幹幹幹幹幹幹幹！」

「我聽不懂！到底……」我完全搞不懂他們在氣什麼，只是跟著跑。

「不要出聲！低調跑！」韓吉氣呼呼。

「幹你死定了王鴻全！」張博偉又在罵。

到底是在罵什麼！我不就照做而已！

多虧了平常愛東混西混，這附近的巷子我們還算熟，故意朝暗冷又絕非死巷的方向跑，溜起來特別順利，那些流氓追趕的聲音漸漸小了。

但他們兩個跑好快，有夠快，體力最差的我隨時都會被他們丟下。

韓吉不顧一切跑在最前面，漸漸也跟張博偉拉開了距離。

突然！

筆直衝刺的韓吉重重倒下！

原來是幾個流氓守在巷子出口，埋伏在騎樓兩旁給了韓吉一記大拳！

張博偉第一時間閃進右邊的防火巷，我腦中一片空白快速跟上。

「還有兩個！出來！」「臭卒仔！很會跑！」「出來！打死給你們看！」

沒有任何考慮。

我們果斷丟下了，正在用有生之年最大力氣慘叫的韓吉。

註：台語「別跑」的意思。

「啊啊啊啊啊啊對不起對不起！我們只是在玩……對不起！對不起！我給你們錢！不是……不要打了！不要踢……我會死掉！我會死掉！」

繼續逃？

那些流氓恐怕對附近的巷子更熟一百倍，遲早逮到我們。

還是要躲？

不是啊，要躲哪裡？難道要找個大垃圾桶把自己塞進去？

「噓！」

一台停在巷子邊的計程車，恰恰撞進了我們的盤算裡。

11

我們試著打開後車門，YES 竟然沒鎖！

打開車門的下一秒，我們差點光速彈回路面。

一個半裸的女人，像死豬一樣睡掛在後座，濃濃酒氣撲鼻而來。

「……好像是剛剛那台車？」我愣住。

對耶，好像真的是那台被我們惡搞的小黃，車頂上還有一點綠綠的碎玻璃。

「隨便啦快進去！」張博偉搶先爬進。

我趕緊跟上，用最輕的力道將車門關好。

張博偉手忙腳亂地調整酒醉女人的睡姿，好讓我們勉強擠一擠。

車子裡的空氣真是超臭，不，是惡臭。

不只是女人身上的酒氣，還有一股濃濃的腥味，車子座椅的陳年霉味，再加上我們劇烈喘氣散發出同樣充滿酒精的汗臭，可能躲進垃圾桶都好一點。

我們的脖子上，都分配到了一條肥腿。

其中掛在我脖子上的那隻大肥腿，還懸著一條粉紅內褲。

香艷？

如果你有看到酒醉肥女人的那張臉，你就不會這麼說了，尤其那股中人欲嘔的腥味，正是從酒醉女黑黑的兩腿之間直衝出來的。

只是……司機呢？

「司機在尿尿。」張博偉勉強抬起視線。

我舉起肥腿，順著張博偉的視線往前看。

一個中年男子站在舊衣回收筒前，滴滴答答滴滴答答……

嗯嗯嗯不過他好像不是在尿尿？

看起來他正拿著一罐礦泉水，小心翼翼地沖洗他的老二。

「他在洗老二。」我邊喘邊說。

「靠，他一定是迷姦這個女的，不然不用洗懶叫。」張博偉也喘得很厲害。

「怎辦……他好像快洗好了？」我也不知道自己在講什麼。

「沒有怎辦，什麼怎辦？」張博偉也不知道他自己在講什麼吧。

韓吉的慘叫聲遠遠傳了過來。

應該是我們躲起來，他們才更故意把韓吉打得更厲害吧。

韓吉會死嗎？會被活活打死嗎？我們應該馬上打電話報警對吧？

手機的震動聲……是張博偉的。

張博偉一拿起來就馬上掛掉，瞪著我說：「把手機掛掉！他們在找！」

我趕緊把手機拿出來整個關掉。

就算只是震動聲，在這種時候也不想被任何人聽見。

「他們在用韓吉的手機。」張博偉聲音在發抖。

「還是我們應該接？不接他們會更生氣？」我有點後悔關機。

「你想一起被打嗎？蛤？王鴻全？」張博偉激動到連掛在他脖子上的肥腿都在晃：「對對對……你是應該一起被打，你幹嘛真的砸下去……哇靠！」

張博偉的這聲哇靠充滿了很大的驚嚇，因為剛剛還在洗老二的司機正站在車窗邊，呆呆地看著我們。

「少年耶，你們在我車上幹嘛？」司機滿臉通紅。

「拍謝，借躲一下。」張博偉壓低聲音。

「還是……可以麻煩你開車？」我掏出了畢生的誠懇：「我們有錢。」

「我有點茫，你們坐別台。」司機整個人不對勁。

韓吉的慘叫聲越來越近，想必是那群流氓正拖著他到處找人。

「下車。」司機鐵青著臉：「換我給你們拜託，我不想管你們的事。」

「不是不是，借我們躲一下真的，他們跟我們有一點誤會。」我快哭了。

「你欠他們錢？」

「不是不是，絕對不是。有點難解釋，我們躲一下就好。」

「不關我的事，下車，不然我報警。」司機強要開門，被我硬守。

「我大叫，他們一定衝過來砸爛你的車。」張博偉恐嚇，整個亂講。

「我不認識他們，幹嘛砸我車？」司機看似不信，表情卻僵硬了。

「試試看啊？你試試看他們會不會砸你車？」張博偉像惡魔一樣賊笑。

「對啊試試看啊！我們死不下車，他們絕對先把車砸爛！」我火速補刀。

太棒了，賤就是要用在這種時候啊。

韓吉的慘叫聲越來越淒厲，根本就在超級附近了，但我不敢伸出頭確認。

「喂！喂喂！有沒有看到有兩個高中生！」流氓大聲詢問：「跑來跑去！」

「……蝦米高中生？」司機裝糊塗。

「沒看到？兩個跑來跑去的年輕人！」流氓越問，聲音越大。

幹他在靠近！

兩條重重的肥腿之下，我跟張博偉緊張互瞪，都聽到彼此誇張大聲的心跳。

「蝦米……年輕人？我……沒看到啦……」

司機的語氣不太對。

表面像是替我們敷衍掩護，但語氣更像是……

更像是……偷偷在使眼色？

哪裡不對？

「門關好！」

張博偉當機立斷，像被鞭炮炸到的泥鰍一樣鑽到前座。

上鎖，發動！

司機用力拍打車門，拚命大罵什麼我都沒聽清楚。

那幾個流氓比喪屍還喪屍，從左後方鬼吼鬼叫，狂暴追來。

計程車直接衝出！撞開了一整排亂停在巷底的機車！

「幹不要停！」我大叫。

「啊啊啊啊啊幹幹幹幹幹幹阿彌陀佛啦！」張博偉狂踩油門。

右邊的後照鏡一路刮刮刮刮到飛掉！

絕對不到半分鐘！卻是我人生中最像電影慢動作的半分鐘！

計程車以絕對不可能後悔的姿態，又刮又撞又成龍地擦出了小巷。

流氓的叫罵聲、司機的崩潰聲，以及韓吉的哀號聲……

通通都被拋到大後方。

12

車體右側嚴重刮傷的計程車，緩緩行駛在深夜的街上。

暫時沒有危險，可以好好把腦袋冷卻下來，想想下一步該怎麼做了。

驚魂未定的我，對突然搶車開始玩命關頭的張博偉，湧起了崇拜與感激之情。

「還好你常偷開你爸的車，真的是冥冥中自有安排。」我鬆了口氣。

「……」張博偉好像很茫然。

「現在要去哪？」我想了想：「最近的分局好像在女中前面？是那一間嗎？」

「開去哪……開去哪開去哪開去哪……呵呵你問我我問誰問觀世音菩薩好了你認識觀世音菩薩嗎王鴻全？」張博偉喃喃自語：「對對對開去荒涼的地方，把行車記錄器裡的檔案洗掉……不不不應該整個拆下來丟掉，把車上的指紋都擦一擦，把車丟在山裡再慢慢走回去……」

「不是不是，我們應該直接開去報警吧？」

「我想一下。」張博偉的眼神瞬間冰冷。

「靠再不報警，韓吉會被打死！」我愕然。

「我說！我想一下！」張博偉突然大吼。

這一吼，一直放在我腳上的兩隻肥腿忽然大抽動！

剛剛一直昏死在後座的酒醉女突然醒了，搖搖晃晃坐了起來。

酒醉女面無表情，看了看我，看了看張博偉。

又看了看我。

「你們強姦我？」說著可怕的句子，酒醉女的聲音卻過分的平靜。

「沒有沒有！小姐……妳要去哪？我們送妳！」我完全胡說八道。

「我們沒有。」張博偉語氣非常堅定：「我們剛剛不在車上。」

真的是我的偶像啊同學！

只見酒醉女把手大剌剌地伸進兩腿之間……

摸了摸，抓了抓，竟抓出了一大沱精液。

她大眼瞪著掌心那一大沱，又看了看我，好像在看一個說謊被抓包的強姦現行犯。

「是剛剛那個司機！」我大聲辯駁：「我們在樓上就看到了！他把車子停在錢櫃前面的巷子裡……欺負妳！我們還丟瓶子下去警告他！他被我們嚇跑！」

酒醉女還是面無表情：「我是怎麼死的？」

「啊？」張博偉跟我同時不懂。

「你們不是要開車棄屍？」酒醉女用最無害的語氣，說出恐怖的造句。

「沒有沒有！怎麼可能！小姐妳還沒死！」我大力保證：「還有……我發誓！我們完全不認識那個司機，那個司機……這裡！妳用手機拍一下證件，等一下就去警察局告他，告死他！」

我趕緊指著司機放在椅背上的證件，上面的照片有六成像剛剛那個男人。

酒醉女看著手上那沱剛挖出來的精液，竟用鼻子聞了聞：「你們……平常都吃什麼啊？好濃喔……」

「有精液很好啊！證據！」張博偉正面思考不遺餘力：「妳就直接去醫院驗ＤＮＡ啊！弄清楚就知道是剛剛那個壞司機在搞妳！好嗎！」

「醫院……我常常去啊。小朋友，沒事不要太常去醫院。」酒醉女超近距離瞪著手上的精液：「醫院裡面有很多不乾淨的東西，無形，三衰五敗，這樣說你們知道嗎？」

我不知道怎麼接話，正在開車的張博偉也一時無語。

「結手印，來，來來來我們來結手印。」酒醉女突然有感而發，開始用她那沾滿了精液的手指結起了所謂的手印：「除穢，清除宇宙負能量，來，小朋友跟著姊姊一起念，世尊大智慧活佛五台山八百菩薩尊者……」

跟火影忍者一樣，她的手指快速盤根錯節起來，只是手指彼此之間好像都對不到她預期的位置，酒醉女一邊結手印，一邊皺眉瞪著快要打結的手指們。

連我在一旁都看得很迷茫。

酒醉女張大嘴巴，大叫：「聖光淨口！」

突然，她將糾纏不清的手指用力插進嘴巴裡，插！插！插！插！插！

我還來不及表示震驚，下一秒滿嘴精液手指的酒醉女轉頭向我。

大吐！

吐了我一身亂七八糟！

「幹幹幹幹妳到底在幹嘛啦！」張博偉比我還早大叫。

我慘叫，還不知道該拿什麼東西……除了我自己的手之外的東西，將我身上那灘穢物撥掉時，酒醉女竟直接倒在我身上，呼呼大睡起來。

「好噁！臭死了幹！幹幹幹幹幹！」我失控了。

我用力抓著酒醉女的頭，洩恨似直接在我身上抹來抹去，想抹乾淨。

不料看似睡死的她，竟有一搭沒一搭地持續吐在我身上，我簡直就是拿了一個會嘔吐的蓮蓬頭在淋浴。

「不要搞笑了王鴻全！都什麼狀況了還亂！」張博偉破口大罵。

「我他媽想死！我很想死！」我爆發甩開酒醉女的頭：「不然你來啊！你來！」

身子彎倒的酒醉女開始打呼，這次應該是真的睡死了。

我很想哭。我是應該哭。

我完全不知道該拿什麼東西擦我這一身。

「幹你真的很誇張！王鴻全！你很誇張！」

被吐的明明是我，張博偉卻非常激動，一邊打開車窗透氣一邊大罵：「你可不可以振作一下！做點事情！用對的方式！會不會！用對的方式！」

幹嘛罵我？我到底做錯什麼？剛剛哪一個正確的步驟我漏掉了是嗎？

我有任何一點點機會做對任何一點點事情嗎剛剛？有嗎！

唯一我很確定的是，從三十秒之前開始，我就是全地球幾十億人裡面最悲慘那一個，最倒楣的世界冠軍，然後持續蟬聯到現在這一秒。

我真希望，從下一秒開始地獄倒楣鬼可以換個人當。

張博偉突然把車窗升起來。

「幹你娘，臨檢。」

張博偉的聲音聽起來很絕望：「死定了。」

13

幹地獄倒楣鬼該不會就換你當吧？

不對啊！我也在車上啊！我繼續蟬聯地獄倒楣鬼嗎幹幹幹幹幹！

前方不遠處的陸橋下，的確有一個酒駕臨檢站。

「警察正好！」我試著鼓舞氣氛，正面思考：「我們報警去救韓吉！」

「王鴻全！我們晚上喝超多你白痴喔！我們酒駕！酒駕！你是有駕照喔！這台車是我們搶的你知不知道！」張博偉不知道為什麼要一直罵我。

他大概是太害怕了，忘了警察是人民的保母，韓吉落在流氓手裡只會被越打越慘，搞不好真的會被打死。現在遇到警察，根本就是天賜良機。

「不是不是，你冷靜一下，我們可以老實跟警察說其實這台車不是搶的，是被逼的，那是很緊急的狀況。」我對警察很有信心。

「好啊！跟警察說你把人家的頭打爆啊！去啊！」

「可以啊，我真的可以啊！至少警察會去救韓吉！」

「好棒好棒！你很偉大！事情都是你惹出來的！你現在很偉大！」張博偉變得很神經

質：「你連一個喝醉酒的女人都搞不定！然後你要教我！要教我三小！教我怎麼被吐！你要不要聞聞看你現在有多臭！王鴻全我真的會被你害死！」

我看不懂，被唏哩花啦吐一身的是我，張博偉到底在失控什麼啊？

「拜託你閉嘴！我告訴你！搶車酒駕被抓到你也不用上大學了！直接被退！」

「會這樣嗎？我們明明就……」

我真的覺得張博偉太害怕了，失去對事情的正確判斷，我不能讓他的失控開始影響到我的情緒：「又不是全部都我們的錯，我覺得現在最重要的事就是……」

就是什麼？

是撥掉我身上的嘔吐物嗎？不，是冷靜。

我必須保持一百分的冷靜，這樣聽我說話的人，才可以跟著冷靜。

「張博偉，你先深呼吸……你想想，我們搶車已經錯了第一步，但至少還有勉強說得過去的理由ＯＫ？反正要救出韓吉，我們遲早要報警，對吧？仔細想一想，我們開這台車去報警其實很有自己承認錯誤的誠意，也算是自首，說不定警察看我們年紀輕還會……」

根本沒在聽我說話，張博偉無聲無息地停下車，打Ｒ檔。

計程車緩緩向後退。

現在是要逃避臨檢嗎？這麼可怕的想法沒打算跟我商量一下就幹嗎？

常常看到警察毫不留情朝逃避臨檢的屁孩開槍、屁孩還常常真的被打死的那些新聞，現在張博偉是瘋了嗎？

要挑戰運氣嗎？今晚我們的運氣很明顯是宇宙大負值啊！

「南無阿彌陀佛南無阿彌陀佛南無阿彌陀佛南無阿彌陀佛南無阿彌陀佛南無阿彌陀佛南無阿彌陀佛南無阿彌陀佛……」張博偉沉浸在西方極樂的召喚裡。

我從來沒聽過張博偉念佛號。

此時此刻張，張博偉的虔誠祈禱，好像真的跟宇宙間某種特別容易有同情心的神靈，發生了感應。

前面排了幾台車在受檢，其中至少有兩台出了狀況，有人被警察叫下車吹氣，還有一個人好像對酒測很不服氣、正在跟警察大小聲。警察已經拿下基本的業績了。沒有警察對我們揮那跟發亮的棒子。暫時還沒有警察注意到我們。

我們的車距離臨檢站還有一小段，偷偷倒車，再往旁邊的小巷慢慢駛進，說不定真的有一點機會默默消失？

車子持續後退。

沒有警察注意。

「剛剛右邊好像有一條……」

「閉嘴！沒聽到我在念阿彌陀佛嗎？」

「好好好我只是想說……」

突然，酒醉女閃電般彈了起來，一動也不動。

我看著她，心跳得好快。

酒醉女目光呆滯地打開車窗，把頭伸出去。

要吐嗎？

「強姦！我被強姦！」

酒醉女淒厲哭吼：「是輪姦！我有證據！」

酒醉女揮舞著……揮舞著手指上殘餘沒被吞掉的證據！

張博偉大叫：「把她丟下去！」

我崩潰慘叫：「快跑！右轉！」

張博偉用極其生疏的開車技術，搭配九死無生的膽氣，暴踩油門往右一衝。

車子衝進小巷子裡。

左閃右閃，不意外馬上就聽到後方遙遙響起的警笛聲。

酒醉女跟我在後座被甩來甩去，根本不清楚現在進行到了玩命關頭第幾集，只知道車子能擦能撞的通通都沒放過！左邊的後照鏡一下子就飛不見了！

計程車一股腦撞上一條巷子底，一間小宮廟矗立在騎樓邊的金爐。

金爐沒有倒。

但酒醉女整團肉彈到前座，再度昏了過去。

警笛聲慢慢接近。

這一次，張博偉跟我都呆坐在座位上，沒有一點掙扎。

不想再做任何事。

多做多錯。

今晚的風格很清楚了，做什麼，錯什麼。

必須停損了。

完蛋就完蛋，但不能再更完蛋了。

「……你叫我跑。」張博偉的聲音很空洞：「你幹嘛叫我跑？」

「我沒有，我叫你報警。」我全身都萎縮了。

「有，你說，快跑，還叫我右轉。都是你害的。」

「沒有。我一直叫你報警。」

「王鴻全……你真的，一點肩膀都沒有。」張博偉全身一癱。

「從頭到尾我都堅持報警。」我閉上眼睛：「算了，反正都完蛋了。」

一分鐘後，車門從外面被打開了。

兩個神經兮兮的警察晃著槍，喝斥我們雙手抱頭趴下。

當我感覺到手銬冷冰冰地扣上手腕那一刻，反而大大鬆了一口氣。

真的，我打從心底感到安定。

這個荒謬、恐怖、又飄著噁爛酸臭味的夜晚，總算可以結束了。

14

一般人都沒坐過警車吧？

我的左手銬在警車後座的車頂把手上，張博偉的右手銬在另一側的把手。

酒醉女則卡在我們之間呼呼大睡，還發出比豬還誇張的鼾聲。

她一下子倒向我，我就把她擠過去。然後張博偉就會嫌惡地把她再擠過來。

「是長官，拒測逃逸的計程車車號確認，車上兩個穿著高中制服的……都男的……是是是……知道了長官。」一邊開車一邊通話的男警，超過四十歲了。

坐在副駕的女警不過二十幾歲，一直在皺眉捏鼻子，狂吃口香糖。

我也好想吃。

但我甚至不被允許擦掉我身上的嘔吐物，警察說，那些都是證物。

「嘿，張博偉？」

「……不要跟我說話。」

你忘了嗎？眼下有一件更重要的事，必須馬上去幹啊。

我壓低聲音：「反正我們都被警察抓了，乾脆叫警察直接開去救韓吉？」

「就知道會這樣。」張博偉困頓地靠在車窗上：「他媽的我早就知道會這樣。」

「這樣什麼？」我也很累了，但還是要打起精神：「趁現在跟警察說啊！他們有槍！」

「你幹嘛打他？」張博偉有點大聲。

「……啊不是要換？」我不解，現在還討論這個幹嘛。

「換三小啦！隨便唬爛你一下你就信喔！」張博偉很大聲：「你白痴是不是！」

我呆住了。

「喂喂，當自己家啊？」開車的資深男警不悅。

「換什麼？」副駕的年輕女警倒是回過頭，一臉很感興趣。

「沒有。」張博偉很冷淡。

「沒有是怎樣？換什麼？」女警是真很好奇。

「唬爛？唬爛……是什麼意思？」我的腦子開始熱了起來。

「白痴都知道我們是騙你好不好！我有可能強姦那個白痴嗎？你要不要自己去強姦看看！」張博偉越說越大聲，好像整台警車都是他的KTV包廂：「韓吉他最好是敢殺人啦！你不是甄試上了嗎？有沒有腦啊！」

「喂喂……適可而止喔。」資深男警意思意思警告。

「那訓導主任的女兒為什麼會大肚子？」我不信，現在才是騙我的吧！

張博偉你冷靜，我又不會跟警察講前因後果，我一定是說我喝醉然後本來是想砸你或韓吉當開玩笑，就年輕人無腦，沒想到卻意外砸破一個黑道的頭。

我絕對不會出賣你跟韓吉啊！

「為什麼那白痴會大肚子？我是知道喔！我是知道喔！王鴻全！用腦！腦！」張博偉完全失控了：「主任自己幹的啊？校長幹的啊？學長幹的啊？隔壁老王幹的啊？幹你娘誰知道啊！你看到大肚子就隨便相信是我搞的啊！你智障！你高中畢業了還那麼智障！你甄試上哪間啊大哥！快點告訴全世界你甄試上哪裡啊！天才！」

張博偉洩恨似亂吼亂叫，兩個警察大概聽得津津有味，竟然沒出聲阻止。

「那韓吉……」我的聲音小到自己都快聽不見。

「韓吉他接球而已！殺人？王鴻全你第一天認識他嗎！」張博偉整個崩潰了，徹底用音量發洩：「韓吉！韓！吉！他用磚頭殺一萬隻蟑螂又怎樣！殺一百萬隻蟑螂就等於他敢殺人嗎！什麼叫封鎖線還在野狗還在棉被還在！但怎樣都看不到新聞！喔 FUCK！我隨便看他一眼就知道他在臭豪洨！你還一臉天啊原來我朋友是殺人犯我怎麼從來都沒發現啊啊啊啊啊啊！幹你娘我真的替韓吉傷心啊！在你心中他原來是一個會殺人的人！我！在你眼中是一個連智障都想插插插插插插插插插插插插插插插插插插到爆的強姦犯！王鴻全！你真的把我們當朋友嗎！幹！」

我宛遭雷擊。

原來，那兩個骯髒的祕密只是逗著我玩嗎？

只是想看我遲遲不敢砸酒瓶、龜縮逃跑，然後一路取笑我……而已嗎？

我心中湧起了一股巨大的怒火，卻不知道自己正在生誰的氣。

許久，我都說不出一個字。

委屈的眼淚爬滿了我的臉。

剛剛臭罵我一頓時，張博偉一眼都沒看我。

現在，更是完全把頭別過去。

不再交談，害我意識到我聞起來越來越臭……就跟我的人生一樣。

「學妹，妳知道這個社會上，有多少比例是好人，多少比例壞人？」

開車的資深男警明顯提高了音量，大概也想讓我們好好聽他說教吧。

「剛好一半一半？」女警嘀咕。

「剛好一半……那就好了。」男警慢條斯理地說道：「現實世界裡，只有差不多百分之十是好人，就是十分之一，不過其他也不都是壞人，壞人也差不多就十分之一。」

「是喔……那還有百分之八十呢？」女警對這種老鳥逮到機會就想教育菜鳥的說教，一點也不起勁，只是隨意附和。

「百分之八十都是好壞無所謂的那種人，沒人看到就闖紅燈，沒照相就開到車速一百三，喝不完的飲料就隨便放在路邊機車的籃子裡，大部分都是這種人，百分之八十，這就是社會，好跟壞，都是看情形，看狀況，看長官，看同事，妳覺得我說的有沒有道理？」

「我覺得好人應該有更多。」女警連反駁都意興闌珊。

「好人呢當然是多一點好，但好人沒辦法變更多的原因，不是因為壞人會欺負好人，哼，壞人本來就會欺負好人啊！好人不會更多了，是因為啊……百分之八十不好不壞的人，對好人一直被壞人欺負，裝死，裝無辜，最多也只是裝裝同情。」男警手中的方向盤一轉，

雖然鼻涕滿滿讓我呼吸困難，但我還是很認同男警說的話。

「學長？不直接回去嗎？」女警感覺路線有異。

我看著窗外，警車已上了海線公路。

不去市區的分局嗎？

我們犯案的地方，其實是……漁港那邊某個分局的轄區嗎？

「當警察，只是一份工作，我跟妳說過我有兩個小孩嗎？我們應該把時間花在對我們自

己，對家人，對那百分之八十的社會，都真正有意義的事情上面。」

「學長？」女警好像有點不自在：「我好像，聽不太懂？」

張博偉這才看了我一眼，想必也是聽不懂。

我不懂，只知道車窗外的景色越來越靠海，車速越來越快。

遠遠看見漁港邊，一間大半夜還沒打烊的海產店。

15

幾個人好像圍在海產店外面……

不對勁。

我猛地看向張博偉，張博偉整個人都坐直了。

「不想再值大夜酒測了吧？」老男警淡淡地說，車速漸緩。

「……學長？」小女警僵硬地調整坐姿。

海產店的招牌熄燈了，但門口對面的路燈還很亮。

警車慢慢靠近，我很快就看清楚那幾個圍在海產店門口的人在熱鬧啥。

那幾個人坐在簡陋的鐵椅子上，圍著一個只穿內褲的男生不斷大小聲。

「立正！稍息……立正！立正！向前看……左右不分啊幹！交互蹲跳預備！一邊動作一邊報數會不會！一！幹！一！」

幹！被圍的是韓吉！

鼻青臉腫的韓吉只穿一條內褲，又跳又叫，被操得比狗還不如。

被我砸到頭破血流的油頭人，坐在椅子上，頭上裹著一大塊紗布，笑咪咪地抽著菸：

「朋友的意義是什麼啊？」

「我……我不知道！」韓吉虛弱地交互蹲跳。

「叫長官！」油頭人旁邊的混混大叫。

「長官！我不知道！」韓吉的聲音很驚嚇，姿勢都歪掉了。

「不用加報告是不是！你潘若迪啊！」一個混混笑著亂吼。

「報告長官！我不知道！」韓吉邊哭邊跳跳跳。

「手叫你放下來了嗎！」

「對不起！沒有！」

「加長官！幹是不是裝聽不懂！」

「報告長官！沒有！」

「沒有什麼！幹加一百下！是不是不想停！」

「報告長官！沒有叫我手放下來！對不起長官！」

「你是不是潘若迪！」

「不是！報告長官！我不是！我不是潘若迪！」

「你不是潘若迪！不是潘若迪你幹嘛跳跳跳！幹耍我啊！」油頭人用力踹。

「報告長官！我真的不是潘若迪！對不起長官！」韓吉已經徹底崩潰了。

警車完全在海產店門口停好。

我看著張博偉……天啊，警車直接帶我們來救韓吉嗎？這是神蹟嗎！

張博偉看著我的表情，只有四個字可以形容。

萬念俱灰。

「……警車！」韓吉連滾帶爬衝向警車尖叫：「警察！救命啊警察！我我我我我……我被……」

男警沒有回話，只是將一把鑰匙遞給一旁的小女警。

「……張博偉？王鴻全？」

韓吉停止了毫無意義的呼救，呆呆看向後座的我們。

我們的表情肯定也一模一樣吧。

油頭人大搖大擺地走向警車，敲了敲車窗。

小女警再天真也應該明白了，剛剛男警接到的那通來自長官的詢問電話，真正的內容了。當然，剛剛張博偉那張萬念俱灰的表情，也黏在我的臉上。

或許我真的跟張博偉說的一樣，是白痴，是智障。

男警代替小女警搖下了車窗。

小女警的視線完全迴避掉油頭人，單單將鑰匙放在油頭人的掌心。

那一瞬間，我想，菜鳥女警很安全地把她自己標定在百分之八十的多數裡。

我們的手銬被油頭人妥妥地打開，一個接一個被拔下車。

原本在呼呼大睡的酒醉女，在推擠中，像迴光返照一樣睜開眼睛。

她靠在車窗邊，露出滿滿關懷的表情。

「小朋友，要改過自新啊。」酒醉女的嘴角，還殘留著精液與嘔吐物。

徹底被警察放生的我們，只能目送警車駛離。

韓吉沒有等到救星，但總算捱到了共犯一起被送來，他情緒複雜地哭了出來。

張博偉瞪著韓吉：「你。」又瞪了瞪我：「還有你。」

到底又想說什麼？

「幹你娘臭死了。」油頭人罵道：「你是躲進餿水桶嗎！」

一個混混嫌惡地拿起一旁的水管，把水量開到最大，唏哩花啦沖了我全身。

我在強力水柱裡轉了好幾次身，次次都差點給衝倒。

在被這些凶神惡煞一把推進海產店之前，濕答答的我抬起頭。

熄滅的海產店招牌上方的天空——漆黑無比。

16

如果這裡是釣蝦場，等一下我們三個人就會被扔進池子裡有機餵蝦。

但這裡是海邊，所以我們會被變成消波塊吧？

夜半深沉，海產店裡當然沒有任何客人，幾張大圓桌鋪上了薄薄的粉紅塑膠墊，被天花板上的電風扇吹得簌簌作響。

偌大的海水玻璃缸裡，大龍蝦、螃蟹、石斑、海螺、海參、鮑魚、大扇貝……不管裡面裝了什麼海鮮，跟我們的處境都很相像。

一直猛打噴嚏，玻璃缸的流水聲讓我更覺得冷，不由自主走在最後。

只穿了一條內褲的韓吉，牙齒同樣科科打顫。

油頭人與幾個刺龍刺鳳的混混前後夾著我們，一起進入海產店的深處。

我以為我們要去的地方是後廚，那裡刀具齊全，分屍比較方便。

但不是我所想像。

掀開轉角的竹簾，裡面是一個燈光明亮、不大不小的特殊包廂。

我爸以前帶我吃過一次無菜單的精緻日本料理，此間的氣氛有八分相似。

簡潔的吧台用了厚重的石材，台前只擺了少少的五張椅子。吧台後，只容得下最多兩個師傅活動的料理空間，牆壁上擺設了各種品牌的特大號日本清酒酒瓶，天花板還掛了幾顆滷素燈，對準了滿牆的酒瓶打光。

沒想到這麼台式的海鮮大餐廳後面，搞了這麼一個隆重精緻的招待所。油頭人跟幾個跟班拿了椅子堵在包廂門口，坐下，嗑起了瓜子。

……不管這裡有多高級，都跟我們無關。

吧台。

一條大鮭魚妥妥地放在厚度紮實的木頭砧板上，一把刀緩緩地斜切而下。

持刀的男人年近五十。

蓄了點仔細修整過的小鬍子，一身乾淨燙線的白襯衫，袖子捲起。面相頗有威嚴的切魚男人隨意瞥了我們一眼，臉上的肌肉沒有任何牽動。他自顧自處理著那條新鮮的鮭魚。

一隻手用白色毛巾托著魚首，另一隻手操持著尖銳的薄刀。

發出寒芒的鋒口沿著魚肉肌理緩緩順下，一刀切過一刀，精準自在。

我們三人好像連怎麼站都忘記了，只能強忍不安，盯著中年男子慢慢切魚。

那刀越順，渾身濕透的我就越冷。

「做壞事有什麼了不起？」

切魚的男子又是一刀切下：「門裡面，門外面，都是壞人。」

我們全身僵硬地聽訓。

這個切魚的五十歲男人肯定就是這些混混的老大了。

他講話，沒人敢接。

「阿傑，恐嚇勒索，聚眾鬥毆。」

一刀。

「小魚，暴力討債，妨害自由。」

一刀。

「阿天，竊盜，妨害性自主。」

一刀。

「老鄧，贓物，重利。」

一刀。

「矮子，毒品。老王，毒品。老豬，毒品。海仔，毒品。」

一刀。一刀。又一刀。

「油頭仔，教唆殺人，過失致死，重傷害，經營賭場。」

更一刀。

切魚大哥在行雲流水的刀工間，淡淡給了堵在門口的混混們，各自的過去一點點法律上的註解：「以上每個，通通違反槍砲彈藥刀械管制條例，今晚又再加一條，私刑拘禁。」

我是不知道張博偉跟韓吉怎麼想，我的膀胱隱隱抽動起來。

「這裡大家都在做壞事啊，而且是天天做。」

切魚大哥用雪白毛巾妥妥地裹住刀身，不疾不徐擦拭起上面的油花。

「只是我們當壞人，沒在報警。」

我知道。

我還知道，必要的時候，警察還會把好人送到壞人手上。

「坐啊。」切魚大哥示意我們過來。

我們三人面面相覷，同時往唯一的出口看了一眼。

油頭人夥同八個混混盤據在門口，事不關己地嗑著瓜子。

……逃走的可能性比零還低。

張博偉低著頭，率先踏出第一步，走向吧台拉了張椅子坐下。

我戰戰兢兢坐在張博偉左邊，韓吉躡手躡腳坐去張博偉的右邊。

我們三人當然是坐直了身體，屁股不敢坐實二分之一，怕坐姿一旦太舒服，馬上就會被狠狠踹到地上。頭低低，卻也不敢真的太低，以免視線死盯著桌面，錯過了切魚大哥用眼神發出任何指令。

足足有一分鐘，沒有一個字從任何一個人的嘴巴裡，說了出來。

在這要命的沉默裡，我在心裡反覆推演該怎麼重述一遍今晚的罪行。

好，首先我很必要用顫抖的語氣，去加強我的誠懇。

然後直接從重點說起。

這位大哥，是這樣的，今晚稍早我們剛剛高中畢業，在錢櫃頂樓喝了一整箱啤酒，我這兩個朋友趁著喝醉，唬爛了兩個根本不存在的爛祕密，嚇瘋我、詐騙我、威脅我非得在天亮之前，做出一件足以跟他們的假祕密交換的真祕密。

是，他們只是在惡作劇，單純雞掰想看我出糗，並沒有想到我雖然很害怕，但還是覺得講義氣很重要，所以我真的依照約定，拿著一支裝了滿滿尿水的酒瓶，砸了一個正好從轉角走出來的流氓。這就是事情的全貌了，我絕無說謊。

等等，這個時候用「流氓」這兩個字應該很不敬吧？

還是改稱「兄弟」好了。

這樣說應該可以吧？為了交換祕密，我很講義氣、非得守住交換祕密的承諾這點，對講究人情義理的黑道來說絕對會大大加分吧？說不定我用哭腔一說出來，在場的人都會哈哈大笑……說幹你娘原來如此啊！你們也真是的！誰沒年輕過啊哈哈哈……這樣的話。

然後，我順勢真情流露出很今晚真的嚇死我了的樣子，不，不用順勢，不用裝，百分之百我真的會哭出來，接下來就……

反正，他們也把韓吉毒打了一頓不是嗎？

「這位大哥……今天晚上是這樣的……」我的聲音，比我想像得還要微弱。

切魚大哥笑笑，隨意搖搖手。

我只能住嘴。

他對我想解釋今晚發生的事，一點興趣都沒有。

「為什麼發生不重要，重要的是，發生就發生了」。」

切魚大哥兩手開開，撐著巨大的木質砧板。

「在這裡……什麼事都可以喬，什麼事，都可以討價還價。」

17

切魚大哥目光柔和地看著我們，像是一個通情達理的鄰家叔叔。

「你們有認識什麼大哥嗎？叫他來跟我喬。」

太好了，感覺很明理啊！

大哥果然就是大哥，不是街頭小混混的破爛級別啊！

我的內心湧現出強烈的求生慾，一個名字瞬間在我的腦袋裡迸出來。

「蛤仔？」張博偉脫口而出。

對！就是這個名字！

這個名字我聽了至少有一百遍了，只要我們跟別校的小癟三起衝突，張博偉就會把「想怎樣？錢櫃蛤仔我表哥啦幹！」這幾個字噴出口，對方就會識趣地打哈哈閃遠，不敢再亂！

現在就是……就是……

「對！蛤仔！就是在錢櫃那邊管停車場的那個蛤仔，他是他的表哥！」韓吉表現得很激動：「張博偉，你不是有他的電話，大哥！我們拜託他跟你講看看，不好意思麻煩你等我們一下！」

看韓吉那麼興奮，張博偉卻滿臉通紅，表情非常難堪。

我下一秒也懂。

又一秒，被打到傻了的韓吉也支支吾吾閉嘴了。

錢櫃管個小小停車場的小流氓，哪來的狗屁資格跟眼前的幫派大哥……喬？

等級天差地遠，光說出口就非常丟臉！

看到我們頭低低低到快撞到桌面了，切魚大哥大概也覺得有點好笑吧。

「沒有大哥，那……有沒有錢？」

不意外，切魚大哥馬上提出了一個絕對非常非常非常合理的問題。

「有！我們有錢！」被打得很慘的韓吉失態地大叫。

「有……有吧？」張博偉看向我，眼睛射出友情的光芒。

我有兩張提款卡，一張大概有一萬，另一張還剩六千多。

我微微點頭，算是應允下來了。

「很好，有錢就沒問題了。」切魚大哥笑了，像是大大鬆了一口氣：「大家整夜都沒睡，只是在外面跑來跑去的，一個人一萬。頭被打破的，二十。」

我怔住了。

幹加一加是多少？

「我一大早被叫起來，在這裡切魚……」切魚男人皺眉，陷入沉思。

我全身發麻。

他連自己都算進去的話，到底要多少錢才能離開這裡？

「算了，今天就當做認識一下。」

切魚大哥轉身從櫥櫃上拿了名片盒，數了三張，非常有禮貌地遞向我們。

我們三人趕緊立正站好，畢恭畢敬地躬身接下了名片。

名片黑白簡單，只寫了「興鮮海產，劉遠興」。

一旁用小字附上地址、電話與統編。

「以後又出了什麼事，就說你們認識漁港興哥，可以找我喬。」

切魚大哥，興哥，不失大哥風範地示意我們把名片收好坐下。

他退一步靠在滿滿清酒酒瓶的飾牆上，等待我們私下小聲討論的結果。

「……不行，沒辦法。」我鐵青著臉：「光是這個房間裡算一算，就要給二十八萬。我兩張提款卡加起來只有快一萬六！」

「王鴻全，你打電話跟你爸借。」張博偉給我一個肯定的表情。

「先拜託你爸，之後再說！」韓吉滿腦子要用最快的速度離開這裡。

「不可能啦，二十八萬真的太多了啦……」我一想到要打電話給我爸求救之後要面對的畫面，就全身發燙：「不可能真的不可能。」

「只是借，不是不還。」張博偉難以置信地抓我肩膀：「二、十、八、萬，不是兩千八百萬！」

「就先打給你爸啊？不打怎麼知道你爸不借？」韓吉急死了：「快打啦！」

我爸有錢，在這種情況下也一定會給。

問題是，打死我都不想打這通電話。我絕對不想讓我爸知道發生了什麼事。

你們不會懂的。

沒有人會懂的。

平常我喜歡在別人面前取笑我爸對我的成績要求，把他說得很像只會賺錢、只會拿錢叫我一直補習、逼我無論如何都要拿出好成績好讓他向親戚炫耀的那種刻板印象的爸爸。但根本不是那樣。不只是那樣。

我爸對我真的是……充滿了期待。

不只是嚴厲而已，他對我是真的期望很高很高……很高。

讓他失望我會死的！

「你瘋了嗎王鴻全？」張博偉恨鐵不成鋼地看著我。

「我只有一萬六。」我就是一塊鐵，就是一塊爛鐵。

「打給你爸我拜託你打給你爸！」韓吉真的哭了。

「為什麼你們不跟家裡借？你爸沒有也可以叫他先跟別人借啊！」

「但你爸直接就有啊！」

「我沒有說我不出，我會出三分之一！但我現在只有一萬六！」

我們拚命壓低了聲音討論，拗來拗去了半天，根本沒有任何進度。

韓吉鼓起了此生最大的勇氣，舉起手。

「興哥抱歉問一下……我們可以先付一萬六，剩下的分期付款嗎？」

興哥沒有回答，默默為自己倒了半杯酒，再沉了兩顆冰塊進去。

若無其事地看著我們，慢慢搖著冰塊，慢慢喝。

漸漸的，我們不再說話，只剩渾身發抖。

興哥用最後一口酒漱了漱口，慢慢將手中的玻璃酒杯放下。

「沒大哥，沒錢……」

興哥嚴肅地做出結論：「那就不是做壞事，是做錯事。」

此間的溫度驟降了兩度。

「認錯……大哥！我們認錯！」

張博偉果斷站起，用力向興哥深深一鞠躬：「對不起！我們以後不敢了！」

這一招真是大傻眼。

不對啊？我跟韓吉對看一眼，我們是不是也該火速鞠躬？

興哥看著張博偉。

絕不是瞪。

就只是淡淡地看，就像看著一團無足輕重的透明空氣一樣。

徹底被看穿了，張博偉面紅耳赤地坐回椅子。

「以後敢不敢……我看起來很介意嗎？」

興哥從料理台上，拿出一個巴掌大小的青花碟子。

青花碟子上，又放了一把大小剛剛好的生魚片刀。

「電影都看過吧？」

興哥的眼神，比那把生魚片刀十倍生冷。

「一根。」

18

必須像日本黑道電影一樣，留下一根手指，才能離開這裡嗎？

「我已經被打得這麼慘了……你們兩個猜拳！」韓吉第一時間表明立場。

他說的，好像沒錯。

問題是，重點不在於誰對誰錯。

重點是，誰要剁一根手指？

我的原則很簡單……我，絕，對，不，要，剁。

「韓吉，我們是回來救你好不好？」張博偉馬上痛心疾首地唬爛。

「……對啊！我們專程回來救你！」我還沒回過神來，就打蛇隨棍上。

「我們一上警車，就拚命跟警察說拜託你等一下再送我們去筆錄，先來救你！」張博偉一唬爛就完全沒打算停下來，明目張膽地亂講：「兄弟就是這樣，就算知道會遇到這種狀況，我們還是來了！」

「要當兄弟，就要當真的兄弟啊！」我也很投入，哭腔滿滿。

「我已經被打這麼慘！」韓吉瞠目結舌：「還要剁我？」

「幹你是跑最後嗎？王鴻全跑最後他也沒有被抓啊？我們會在這裡，全都是因為你被抓。」張博偉迅速幫韓吉劃重點，曉以大義：「但我們是不是又回來了？我們是不是可以不回來？王鴻全這麼膽小，他也沒有猶豫好不好！」

張博偉轉頭看向我，沒有眨眼，沒有使任何一滴眼色。

根本不需要。

「我們都是為了救你。」我用力咬牙，加強說服力。

「廢話！他們抓了我！知道你們是誰你們住哪！」韓吉不顧場合地大聲起來：「你們不來找我！他們也會去找你！」

「我們是不是來了！」張博偉痛斥：「人就在這裡！倒底是不是兄弟！」

「兄弟，一輩子。」我抓著胸口，這時就是心連心，一起痛啊韓吉。

韓吉開始哭，然後又怪異地笑了起來。

我不敢往後看那些堵在門口的兄弟有什麼反應，但站在吧台後的興哥，倒是一臉饒富興味地看著我們，沒有出聲催趕，也沒有一點斥責的神情。

張博偉伸手拿取放在青花碟子上的生魚片刀，極其哀傷地看著韓吉，好像等一下要剁掉的是他自己的手指。我這麼說，並沒有一丁點挖苦張博偉的意思，相反的，我很感激他傑出的演技。

眼看韓吉沒有反對，張博偉順順地握住他的左手，慢慢等待韓吉認命。

「等一下……這一隻……這一隻！」韓吉流淚，將小指伸了出去。

張博偉當然沒有反對，將刀刃往左手小指靠了過去。

「上面上面……再上面一點……」韓吉的眼睛幾乎快睜不開了。

刀刃漸漸往上，到了小指最尾端的那一節。

「那我數到幾？三……三，可以嗎？」張博偉的語氣很輕很輕。

「我數！」韓吉哭著，別過頭：「拜託你一次就給我下去！」

我也在流淚，打從內心深處感激韓吉的犧牲。

今晚就是我十七點五歲的人生中，最恐怖的一夜。

但我保證，我絕對不會怪罪韓吉用一個假祕密唬爛害我，更不會責怪張博偉起了頭……要不是張博偉迅速帶好風向，此時此刻要被剁手指的人，就是我啊！然後他還要負責最可怕的剁手，我只要在旁邊看就好了……謝謝真的謝謝你！真正的兄弟張博偉！真正的奉獻家韓吉！

「一……二……」張博偉數得很輕。

「不是說我數嗎！」韓吉突然想起：「我要數！」

「三！」張博偉沒有猶豫，一刀壓下。

韓吉慘叫，整個人彈了起來。

張博偉跟我當然都嚇壞了。

但韓吉的手指竟然沒完全斷掉，還有一點點皮黏在斷指上，被痛到跳來跳去的韓吉甩來甩去，恐怖又滑稽。

「幹你娘張博偉！幹幹幹幹幹幹幹！就說我數！就說我數！」

韓吉瘋狂亂罵，甩著連皮的斷指在包廂裡橫衝直撞，連帶血也被甩來甩去，根本沒在管滿屋子的黑道兄弟會不會被噴到，反正手指斷掉的人最偉大。

「你瞬間抽回去我才剁不斷！」張博偉也慌了：「再來！」

「我沒抽回去！我！沒！有！」韓吉氣到踹牆壁。

「好好好都是我的錯！對不起！再來！」

張博偉義薄雲天大叫，一把抓過韓吉的手，壓回桌面。

韓吉完全知道既然剁下去了，就非得剁到底不可，否則剛剛那一下就真的白挨了。他再怎麼惱怒張博偉的失手，現在也只能任憑張博偉死死壓住他的手臂。

「等等！你給我好好瞄準！」韓吉痛到鼻涕都噴了滿臉。

「三！」張博偉又補了一刀。

這一刀不是斬，是張博偉用全身的重量整個壓下去，再一鋸。

皮總算是斷了，韓吉跪在地上痛哭起來。

連剁兩刀的張博偉看著我，眼睛都紅了。

別看我，我不敢。

只見張博偉吸了一口氣，將掉在桌上的一小截手指捏了起來，戒慎恐懼地放在青花碟子的正中央，還補了一個充滿歉意的鞠躬：「謝謝興哥。」

我也趕緊扶著桌面，大力鞠躬又鞠躬。

惡夢總算到此為止，我就不敢多問一句是不是可以把手指拿去醫院縫，反正痛也痛過了，就算是得了個永生難忘的教訓。我絕對不敢多生一事。

張博偉跟我一轉身，趕緊攙扶起快要痛暈過去的韓吉，但他非常大力地甩開我們的手，還發出野狗一樣的狂吠亂叫，非常嚇人。

有點尷尬，但我們還是挨在韓吉旁邊作勢隨時幫忙，一邊一起往門口走。

然而，那幾個擋在門口的前科累累的混混們，卻沒有讓開的意思。

「不好意思，大哥借過一下……」張博偉低聲下氣。

擋在位子最前面的油頭人，一邊吐出瓜子殼，一邊露出非常怪異的笑容。

我用眼神詢問張博偉，但他同樣無力翻譯。

韓吉則滿臉蒼白地高舉左手，試著用高過心臟這一招止血。

張博偉跟我求救似地望向興哥，希望他用一個聳肩交代屬下讓條路。

卻見興哥面無表情地抬起右手，微微晃了晃。

我們三人同時看清楚的一瞬間，剛剛塞死死的鼻子馬上都通了。

興哥的右手食指，整根都不見了。

我們又轉頭。

油頭人跟他的八個好兄弟，嘲弄似地抬起他們的手。

或左或右，都至少有一根食指或中指……本來該肉肉地長在他們該長的位置上，現在卻空蕩蕩，只剩下極不協調的參差手掌。

那些。手指。整根。都。不見。了。

19

「對不起……」

我喃喃自語，只能灰頭土臉回到原先的座位上。

張博偉宛遭重擊，也像遊魂一樣飄回自己的位子。

還沒坐下，張博偉就向滿臉青筋的韓吉說道：「韓吉，要不要乾脆……」

「幹！幹你娘！你們兩個……自己！」韓吉暴怒，噴得我們滿臉口水。

是嗎？確定要這樣搞嗎韓吉？我剛剛還很崇拜你！欽佩你啊！

但你才剁了一個指節的左手小指！幹你娘是在兇屁！

其實都你害的好嗎？自己沒剁好就自己解決啊這麼簡單！

我才剛醞釀好要怎麼跟韓吉繼續理論的時候，張博偉就轉過頭來。

「王鴻全……」

「？」

「如果你不K那一下，我們也不用在這裡。」張博偉語氣很惋惜。

「少來，明明就是你們叫我。」我整個僵硬。

「我有說錯嗎？韓吉被抓到，他有沒有很乾脆扛下去？有，他雖然在生我的氣，但他有！他有扛！但歸根究柢，如果你這一下沒K下去，韓吉需要跑嗎？」

「百分之百就是你們逼我K下去！我只是照做好嗎！」

「我說什麼你就照做嗎？是這樣嗎？好啊，那我現在拜託你貢獻一根手指，你要不要照做？沒有？沒有嘛！」

「又不一樣！」

「哪裡不一樣？」張博偉咄咄逼人：「我們動動嘴巴而已，要不要做還是看你自己，這才是真相。總歸一句，韓吉自己跑不好被抓到，他被暴打，剛剛也不廢話剁了一根，你呢？」

「韓吉是韓吉，張博偉你不要詭辯，你這套對我沒用。」

我堅定立場，鼓起勇氣看了興哥一眼。

希望興哥可以朝我點點頭，說一些很久沒看過像我一樣聰明又勇敢的年輕人，然後說好了好了今天暫時就到這裡吧、我們也得到教訓了、以後有用得著我的地方他會記得我的、他對我們的未來很有興趣等等之類。就像電影一樣。

但沒有。當然沒有。

興哥用他少了一根食指的右手，慢慢磨起了山葵。

磨山葵是要幹嘛？打發時間嗎？

興哥磨著山葵，一點也沒有要調停的意思，只是溫溫地觀察我們。

張博偉嘆了一大口氣，放緩語氣，好仔細加強每一個字的硬度：「對，我知道，你很防著我，防著韓吉，從很久以前你就一直這樣。一開始我真的以為……你是分不清楚什麼是唬爛、什麼是祕密？但剛剛在警車上的時候，我才忽然想通……其實，我跟韓吉在你心中就是爛人，對吧？」

「沒有……」我全神戒備，將十根手指都縮成拳頭：「不是這樣。」

「你以為我會強姦，韓吉會殺人，不是嗎？你也以為我跟韓吉會把你從樓上丟下去，不是嗎？我通通都看出來啦，不用再騙啊……」張博偉的語言步步進逼：「但我跟韓吉有沒有把你當朋友？你摸著良心說，有沒有！」

我的臉很燙，很燙很燙很燙，瘋狂地在腦子裡尋找反駁的證詞。

有！我想到了！

「如果你跟韓吉真的把我當朋友，燒考卷為什麼不找我一起？」

我用最壓抑的憤怒抓緊了拳頭：「雖然我情急之下說謊被拆穿很丟臉，但我一想到原來是你們自己約好偷偷去燒考卷，我就很不爽！就排擠我啊！其實你們早就沒把我當成什麼都可以一起做的兄弟吧！在你們心中，我就只是一個常常因為愛校服務跟你們湊在一起的……玩具！」

張博偉冷冷地看著我，幾乎，沒有一絲遲疑，眼淚從他的右眼落下。

「那次期末考一結束，我跟韓吉看到你一臉大便，沒跟我們去老地方吃冰慶祝考試考完，一個人什麼也沒說就回家了。我跟韓吉馬上就猜到，最在意成績的你，一定考得爆炸爛啊。」張博偉一點哭腔都沒有，眼淚流得雲淡風輕：「韓吉，我有騙他嗎？」

「幹王鴻全！」韓吉高高舉著還在流血的左手，憤怒地控訴：「燒全校考卷就是送你的禮物啦！跟你邀功了嗎幹！真的約你一起燒考卷你是敢嗎！你敢嗎！幹幹幹幹幹就是把你當兄弟才一直沒跟你說！你！王鴻全！你最爛了！最假！最不值得啦幹！張博偉！數到二就把他的手指剁掉！」

我呆住了。

原來同一件事還可以這樣解釋……一定是話術！話術！

等等等等等等……

如果是話術的話，為什麼我的臉上……會流出那麼多眼淚？

難道我其實心中雪亮，他們說的是真相？他們真的把我當兄弟？

不只把我當兄弟，還毫不居功地幫我燒了全校的考卷？

他們一直都是這種等級的好兄弟嗎？

「剁啦！王鴻全！剁！」韓吉的控訴猶如魔鬼。

「不行……真的不行……少一根手指我回去要怎麼跟我媽講？」我拚命擦掉不斷流出的眼淚，認真地祈求他們：「我給你們錢真的！我分期付款！你們先打電話去借借看最後我一定給！我給雙倍！給我一點時間我一定會給雙倍！」

張博偉跟韓吉看著我，那表情說有多鄙視就有多鄙視。

「你就是這樣，自以為有錢了不起！」韓吉悲憤不已：「有錢你為什麼剛剛張博偉要剁我的時候你不給！要剁到你自己的手你才說要給雙倍？你的手指是手指，我們的手指就可以換成鈔票！是嗎！」

我感到強烈的暈眩。

原來我是這麼爛的人。

像我這樣自私的爛人，根本不配擁有十根手指。不配。不配啊。

少一根手指而已只是少一根手指而已人生可以失去的東西只會更多不要想太多了好嗎等等等等等等跟我爸我媽說我喝醉了出了一個車禍，差一點被撞死醒來就發現手指不見了這樣可以嗎？斷指的切口很平整，是因為我摔倒的時候可能正好……正好有塊鐵板卡在地上這樣說得過去嗎？還是我是被從貨車掉出來的一塊板子切到？手指飛去哪裡我不知道可能是飛到水溝裡了應該可以過關吧？不要再問我了我已經很倒楣了不要再問我了可以嗎讓我一個人好好靜一靜可以嗎！不要再去找手指了不知道掉到哪裡了！如果是水溝的話絕對沾滿細菌了醫生說這樣是不可以接回去的反正我就是不要了可以嗎！不要再問我了可以嗎！手指都已經不見了就不要問太多調三小監視器浪費社會資源幹嘛調？調到畫面我的手指是會自己長出來嗎！事情發生得太快我一下子就昏倒了什麼都想不起來這樣可以嗎？反正痛的人是我！不是你！也不是你！手指長不回來的人也是我是我是我是我是我是我！

張博偉拿起刀，直接壓住了我的右手，冷冷問：「哪一隻？」

哪一隻？哪一隻？哪一隻？哪一隻？哪一隻？哪一隻？哪一隻？哪一隻？哪一隻？哪一隻？
哪一隻？哪一隻？哪一隻？哪一隻？哪一隻？哪一隻？哪一隻？哪一隻？哪一隻？哪一隻？
哪一隻？哪一隻？哪一隻？哪一隻？哪一隻？哪一隻？哪一隻？哪一隻？哪一隻？哪一隻？
哪一隻？哪一隻？哪一隻？哪一隻？哪一隻？哪一隻？哪一隻？哪一隻？哪一隻？哪一隻？
哪一隻？哪一隻？哪一隻？哪一隻？哪一隻？哪一隻？哪一隻？哪一隻？哪一隻？哪一隻？
哪一隻？哪一隻？哪一隻？哪一隻？哪一隻？哪一隻？哪一隻？哪一隻？哪一隻？哪一隻？
哪一隻？哪一隻？哪一隻？哪一隻？哪一隻？哪一隻？哪一隻？哪一隻？哪一隻？哪一隻？
哪一隻？哪一隻？哪一隻？哪一隻？哪一隻？哪一隻？哪一隻？哪一隻？哪一隻？哪一隻？
哪一隻？哪一隻？哪一隻？哪一隻？哪一隻？哪一隻？哪一隻？哪一隻？哪一隻？哪一隻？
哪一隻？哪一隻？哪一隻？哪一隻？哪一隻？哪一隻？哪一隻？哪一隻？哪一隻？哪一隻？

我不知道剁哪一隻啊！

腦子一片空白的我，只能抬頭看向猶如神明的興哥。

「看看是剁哪一隻，寫字會不方便，就剁哪一隻。」

興哥還在慢慢磨山葵，深感興趣給了指示：「這樣，你才會常常想起我。」

我脫口而出：「我……我左撇子啊！」

張博偉看向興哥。

興哥不置可否，聳聳肩，算是同意了。

張博偉深深吸了一大口氣，把刀貼向我的左手食指。

「用全身的力氣！重量！一次就好拜託！」我渾身打顫：「我來數……我數到三！你先瞄準！然後我數到三我會數到三……」

「王鴻全……不是我不幫你，我整個晚上！」

張博偉表情扭曲，滿臉通紅：「都在幫你！」

「謝謝？」

我不知道為什麼要說謝謝，也忘了數，只聽見清脆的一聲——

喀啦。

20

一股灼熱如岩漿澆在我的左掌上，從掌間直上後頸，將我從椅子上燙飛。

我緊緊抓著少了一根食指的左掌，瞪著它大吼大叫。

「啊啊啊啊啊啊啊啊沒了沒了啊啊啊啊啊啊啊哈哈哈哈沒了沒了！」

視覺的異常大大衝垮了我的預期。

失去手指的痛楚，再加上意識到從此以後只剩九根手指的巨大失落，我不得不賴在地板上翻滾、亂踢，像摔進米酒裡的蝦子一樣激烈抽動身體。

抓狂！抓狂！抓狂啊啊啊啊啊啊啊！

張博偉一臉抱歉地伸出手，試圖將我扶起。

我狠狠地朝他一陣亂踢，絕對不要再碰我了！不要！碰我！

張博偉不顧我的掙扎，彎下腰，想用力將我從地上拔起。

我不斷扭動身體擺脫時，張博偉在我耳邊低聲說：「先走再說，拜託。」

韓吉走了過來，用腳輕輕踢了我一下：「……走了啦。」

我靠著牆腳古怪扭動，慢慢站直了身體。

我身體的一部分，永恆地，脫離我了。

從今以後，我跟完整之間，有著無～～限～～遠～～的距離。

我的視線不由自主落在青花碟子上。

就在我像閃電陀螺一樣在地板瘋狂滾動時，我的食指被張博偉放在青花碟子上，就躺在韓吉那一根小小小小小指的旁邊。

我的心中湧起了一股強烈的嫉妒！嫉妒的怒火！

為什麼韓吉只是剁掉了無關痛癢的左手小指……甚至不是一整根！

他只是剁掉了一小截！

我呢？我少了左手食指！我少了！食指！一整根食指！

不公平！超不公平！

「謝謝興哥。」張博偉擦去眼淚，朝吧台深深一鞠躬。

「……謝謝興哥。」韓吉用高舉左手的滑稽姿勢鞠躬。

鞠躬個屁！

我一秒都不想在這個鬼地方多待一秒，轉身便快速往出口走去。

「……」油頭人笑吟吟地蹺著二郎腿。

那些擋坐在門口的幾個流氓還是雷打不動，沒有要讓開的意思。

搞什麼？憑什麼？我都留下了手指還想怎樣？

幹你娘！我幹你娘！

「來，坐啊，坐坐坐。」

興哥將磨好的山葵分放在三個小碟子裡，再倒了三碟醬油。

現在是怎樣？

職人魂爆發的興哥，將他一開始就切好的生魚片，妥妥地整治好，連同剛剛磨好的山葵與醬油，一一放在吧台前的長桌上，示意我們回來坐好。

「都做好了，給點面子嘛。」

興哥笑笑，沒有一絲一毫的威嚇。

幹！我們非吃不可，滿足你江湖大哥寬容大度的形象對吧？

明明就不欠了，我們三人卻還是灰頭土臉地連聲道謝，迅速坐回位子。

我故意跳過了興哥辛辛苦苦磨好的山葵，完全不鳥，拿起筷子就用最粗暴的速度挾起了生魚片，胡亂沾了醬油就往嘴裡塞。

一片，兩片，三片……

比起一旁的張博偉跟韓吉慢吞吞地「享用」，我大口咀嚼，隨意吞下，嘴巴裡明明有魚肉還沒吃完，我就挾起第四片塞、第五片塞、第六片塞……

當我的筷子挾起最後一片生魚片，嘴巴已經鼓到完全塞不進任何東西。

我感覺到一股很冒犯的視線。

我轉頭，是張博偉，是韓吉。

兩個人都用一種愕然呆滯的眼神看著我。

我不懂，下意識看向興哥。

興哥原本一臉自我陶醉的笑容，迅速僵硬，直到完全垮了下來。

他沒有看著我。

他看著我挾著的生魚片。

是我太過粗魯無禮的吃法，冒犯了這位江湖大哥自詡的職人精神嗎？

張博偉放下筷子，頭垂得很低很低很低。

韓吉也放下筷子，身體往後一倒，整個癱掛在椅背。

……我五雷轟頂。

手中的筷子瞬間增加了一萬公斤重，蹦脫了我的手。我的右手。

我那該死的，完好無缺的右手。

完蛋了。

我情急下脫口而出的謊言，在剛剛一陣筷子操練下，自我毀滅了……

張博偉跟韓吉瞪著我，強烈地表達出「幹都是你！」的壓倒性責怪。

夠了。

是我搞砸了沒錯。

但我一點！一點也不想招架你那種下三流的情緒勒索！

興哥閉上眼睛，一條淡淡的青筋在眼皮上鼓了起來。

「有沒有給機會？」

興哥用最慢的速度睜開眼睛：「有沒有好好說？有沒有試著讓你們喬？」

我啞口無言，嘴巴裡的生魚片頓時卡住，完全無法下嚥。

興哥伸手從底下的櫃子裡拿出了一個半透明的玻璃罐子，重重壓在桌上。

玻璃罐子注滿了略嫌混濁的黃色液體，液體裡泡著……泡著……

滿滿滿滿滿滿滿滿滿滿滿滿滿滿滿滿滿滿滿滿滿滿滿滿滿滿滿滿滿滿滿滿滿滿

滿滿滿滿滿滿滿滿滿滿滿滿滿滿滿滿滿滿滿滿滿滿滿滿滿滿滿滿滿滿滿滿滿滿

的的的的的的的的的的的的的的的的的的的的的的的的的的的的的的的的的的

手手手手手手手手手手手手手手手手手手手手手手手手手手手手手手手手手手

指指指指指指指指指指指指指指指指指指指指指指指指指指指指指指指指指指

中中中中中中中中中中中中中中中中中中中中中中中中中中中中中中中中中中

指指指指指指指指指指指指指指指指指指指指指指指指指指指指指指指指指指指

食食食食食食食食食食食食食食食食食食食食食食食食食食食食食食食食食食食

指指指指指指指指指指指指指指指指指指指指指指指指指指指指指指指指指指指

我嘴巴裡滿滿的生魚片爛肉一秒炸出。

張博偉跟韓吉也開始作勢乾嘔。

到底要發生多少可怕的事，有多少白痴智障低能兒闖下多少禍，才有辦法蒐集到這麼一大罐悲傷的斷指？

只知道今晚我們三人犯下的錯，在此間經歷的荒謬推托，也會泡在這罐混濁的福馬林裡，變成興哥變態的收藏。

興哥眼如魔神，雙手壓在玻璃手指罐上，渾身散發出絕不饒恕的殺氣。

「你們先是隨便敷衍，然後是欺騙。敷衍，欺騙。敷衍，欺騙……」

興哥口中的每一項罪名，都比消波塊更沉重。

「做壞人，也是做人。」

興哥話說完了，意思也清晰如閃電。

我錯了。

我不該說謊。

至少我不該說謊後還用右手拿筷子挾生魚片我是豬。

但……

張博偉霍然站起，用力朝興哥一個大鞠躬：「大哥對不起！我這兩個朋友不懂事，我一整個晚上都在 Cover 他們！你底下帶那麼多人一定知道！一切都是我的責任！」

這是哪招？你他媽給我翻譯一下！

興哥遲遲沒有一點回應，張博偉只好頹然坐下。

張博偉沒有看我，也沒有看韓吉，而是沮喪地垂下頭。

「我知道，真正要道歉的人……是我。」張博偉掩面。

啊？

你又要開始奇怪的演講啦？

「我們畢業以後，就不會繼續好了，不是嗎？」

張博偉雙手都在顫抖：「我只是想把今天晚上……弄得，很好玩，很特別。」

是在供三小？＊

「韓吉，你個性那麼好，很隨和，什麼都會一點。」張博偉抬起頭，淚流滿面地看著韓

註：說什麼？

吉：「不管你去哪裡，很快就會交到一群好朋友……新的，好朋友。」

所以咧？

「王鴻全，你頭腦好，家裡又有錢，雖然你一直罵你爸但其實他很愛你啊。」張博偉說著說著，也轉頭看我：「你跟我們不一樣，你一上大學就不會再鳥我們了，我其實都知道，你不用說我都知道，韓吉也知道。我們只是玩伴，跟你以後的人生沒有一點關係。」

好棒棒啊我通通都打勾啊！啊然後咧？

「但是我呢？我就這樣而已啊……」張博偉開始無限貶低自己之術：「我最厲害，最屌的時候，就是現在，就只有現在啊……」

好喔！櫻木花道都給你抄光光喔！

但我沒有不同意也沒有想安慰你耶！

「我說那些……要當王鴻全司機的那些話，也不過就只是希望……我們以後有個約定，不要什麼都丟下我。」張博偉說得情真意切地，持續把自己放在三人中最卑微的那一個。

想當我的司機啊？

沒問題啊，月薪是一包屎啦要不要！

張博偉努力平緩了情緒，誠懇地看向韓吉：「韓吉？你有沒有想過，其實你一開始就不要剁得那麼上面……」

「你可不可以閉嘴！」韓吉一把抓住張博偉的手，拿起刀就要砍。
張博偉情急反抓住韓吉拿刀的那隻手，兩個人從椅子上一起摔倒。
兩人用蠻力胡亂扭抱，危險的刀子很快就從韓吉手中彈了出去。
「剁！就你沒剁！」
「你剁那小小一根哪叫剁！王鴻全才是來真的！」
「你閉嘴！閉嘴！」
「王鴻全！王鴻全！都韓吉害的！要不是韓吉太小氣你根本不用剁！」
「幹你閉嘴！整個晚上都在聽你說！幹幹幹幹幹！」
我的屁股還黏在椅子上，遠遠觀看這一場兄弟地板摔角。
我的心情意外的平靜。
坐擋在門口的幾個流氓也饒富興味地欣賞著，油頭人還拿出手機錄影。
我看看被興哥壓在手底下的那一大罐滿滿的手指。
又看了看青花碟子上的一大一小斷指。
再看了看興哥。
「……」興哥點點頭。
我站了起來，撿起被扔在地上的生魚片刀，走向扭打中的他們。

被韓吉扣住一隻手，也拚死反鎖韓吉一隻手的張博偉，精疲力竭地看著我大叫：「王鴻全！我沒有怪你假裝左撇子！是我我也會裝！大家都會裝！我不怪你！都是韓吉害的！快點！你過來幫我！我們一起！」

我絕對是面無表情。

我蹲下，膝蓋一跪，死死地壓住張博偉的右手。

韓吉抓著張博偉另一隻手，半坐在張博偉的屁股上。

「等等等等等一下！」張博偉驚慌失措：「我自己剁！我會自己剁！」

渾身大汗的張博偉試圖用全身力量拱起，卻被韓吉跟我聯合壓制，動彈不得。

我沒有說話，也不想問。

我將刀口貼向張博偉的中指，大概是因為中指比食指更長吧。

我開始鋸。

我鋸鋸鋸鋸鋸鋸。

張博偉叫叫叫叫叫。

韓吉哭哭哭哭哭。

這個時候應該要進一下回憶吧？

我試著回憶這國中三年，高中三年，還有今天晚上發生的事。

算了，我好懶。

根本沒什麼好回憶的吧，鋸掉就鋸掉了。

我不知道張博偉要在地上打滾多久。他高興滾多久就多久。

我拾起那根血淋淋的斷中指，高高舉起，在逆光中仔細端詳。

指甲也太長了吧？

我走到料理台前，將它放在青花碟子的正中央。

興哥微笑。

我發現，我竟然也在微笑。

面對這個奪走我一根手指的黑幫老大，我沒有一點恨意。

至少在這一秒，發自內心的，一點恨，一點怒，都沒有。

我不會說我自作自受。

也不至於矯情下結論，說我感謝興哥，感謝今晚。

但我心中無比清晰——

就在剛剛幾分鐘內，我失去了區區一根手指。

卻搶到了我往後人生面所需要的，無與倫比的力量。

每當面對逆境，一握拳，看見漏風的缺口，就會湧現出此刻的冷冽粗暴。

就是這樣。

興哥不是勝利者。

我才是。

只見興哥慢慢旋開了罐子，拿起了青花碟子，將三根手指隨便倒了進去。

我ＯＫ，你也ＯＫ就好。

興哥跟我之間，只差沒有用力擊掌。

我大步走向門口。

我目光如電，向那群擋路的牛鬼蛇神舉起我的左掌，炫耀著我空蕩蕩的缺指。

看清楚了！都給我張大眼睛！我！幹你娘！沒在欠你！

再沒有人膽敢操控我！

沒有言語可以情勒我！

沒有任何虛假能迷惑我！

「讓開。」我盛氣凌人。

油頭人站了起來，嘲諷般空氣鼓掌。

所有流氓都站了起來，齊手將椅子拉開，笑笑為我讓開了一條康莊大道。

不知道在哭屁的韓吉緊緊跟在我身後。

眼神渙散的張博偉抓著右手跳跳跳跳跳了起來，一拐一拐尾隨我的背影。

我邁開大步離開私廚包廂。

昂首闊步走過擺滿圓桌的食堂，一把推開海鮮餐廳的大門。

初晨的曉光刺進眼皮，帶著腥臭的鹹味灌入鼻腔。

天剛亮，大海就在眼前。

我沒有轉頭。

逕直地往前走。

替逃郎

該來的躲不了
躲不過的就逃
逃不掉就

天色混沌，將明未明。

一個臉色蒼白的男人，拿著槍，倉皇失措地跑在產業道路旁的小徑上。

這種時間……這裡地方……不可能遇到任何人吧？

男人神色緊張，時不時就回頭，作勢開槍，生怕有什麼東西在後面追趕。

前方低矮的橋墩下，有一間缺乏修整的小廟，祭拜著百姓萬應公。

神桌上的灰爐有殘餘的一點香火，似有庇蔭，男人趕緊鑽了進去。

五體投地，男人用這個世界上最誠懇的氣音祈禱：「觀世音菩薩土地公地藏王城隍爺請救救我拜託拜託幫我作主！我雖然不是個好人但我真的做過好事我沒那麼壞我沒那麼壞拜託拜託拜託請給我一個悔改的機會我一定會好好做人我真的會……」

許久，沒有動靜。

幾點了？現在是幾點了……天應該亮了吧？

令人心焦的寂靜，將恐懼無限放大，男人只聽得到自己微弱的呼吸聲。

咚！咚咚！

神桌突然震動起來，好像有許多人在神桌上跳來跳去，跳啊跳啊跳！

不！不是跳！

是踹！

踹！踹！踹！踹！踹！踹！踹！踹！踹！踹！踹！踹！踹！踹！踹！踹！踹！踹！

踹！踹！踹！踹！踹！踹！踹！踹！踹！踹！踹！踹！踹！踹！踹！踹！踹！踹！

踹！踹！踹！踹！踹！踹！踹！踹！踹！踹！踹！踹！踹！踹！踹！踹！踹！踹！

踹！踹！踹！踹！踹！踹！踹！踹！踹！踹！踹！踹！踹！踹！踹！踹！踹！踹！

踹！踹！踹！踹！踹！踹！踹！踹！踹！踹！踹！踹！踹！踹！踹！踹！踹！踹！

踹！踹！踹！踹！踹！踹！踹！踹！踹！踹！踹！踹！踹！踹！踹！踹！踹！踹！

踹！踹！踹！踹！踹！踹！踹！踹！踹！踹！踹！踹！踹！踹！踹！踹！踹！踹！

神桌被憤怒踹動的聲音越來越劇烈。

蜷縮在神桌下的男人害怕極了，抱著頭，死都不敢睜眼。

「……」神桌劇烈的晃動說停就停。

經歷了一整晚恐怖逃亡的男人知道，事情絕對不會就此結束。

咿咿啞啞……咿……咿……啞……啞……啞……啞……

毛骨悚然。

幾十張非人之臉，從神桌上彎折下探，瞪著藏在神桌底下的男人。要擁有什麼樣的怨恨，才能射出那種陰毒的眼神。

「……嗝。」

男人忍不住打了一個嗝，眼淚從緊閉的眼皮縫裡流了下來。

虛無的光影在男人的臉上悄悄變化。

不知道為什麼，男人從蜷縮在冰冷的地上，變成了趴在神桌上。

這狀態，就像一個什麼？

對了。

就像祭品。

1

中影文化城，攝影C棚。

「拜託帶個話給大球！再不還我錢！是不是真的想我死！」

熟門熟路的猛龍一坐下，看見桌上那一大盤刻意用保鮮膜封住的西瓜，便毫不客氣地撕開保鮮膜，抓起猛吃。

幾個曾經一起合作過的武行交換一下眼神，紛紛走避。

「喂喂喂……那是上一場的道具，等等說不定要連戲用。」老武行彪哥皺眉。

猛龍完全沒有停下，整盤切片西瓜一下子就給掃光。

當過三年武行的猛龍，一進片場就算進了自己家，也不管正在棚裡拍戲的是哪一個劇組，門口的交管沒擋人就直直走了進去，猛龍一看到東西就抓起來吃。

「到底是餓多久啊？中午還剩兩個便當你要不要？」彪哥點了根菸，從其他武行的手中接過兩個早已冷掉的便當。

「幹！該不會只剩素的吧！」猛龍兩眼發亮，一接過便當就狂幹。

便當雖冷，但餓過頭了就只有人間美味可以形容。

「不是吧猛龍！上次我怎麼聽大球說是你欠他錢跑路，現在你又跑過來說是他欠你？」彪哥嘆了一口氣：「到底是誰欠誰啊？」

別的武行可以對不請自來的猛龍視而不見，但彪哥不行。

當年猛龍一退伍，就是被彪哥帶進組的。

猛龍身手矯健，腦子靈活，又肯摔，最重要是身高大約一八二公分，武行裡很少有這麼高的組員，猛龍因此當過好幾個高個子明星的替身，十分有用，一些國片的打戲都可以看到猛龍模糊的背影。

可惜了……

「幹你娘那天晚上真的是大球跑來找我！一見面就下跪！說什麼如果從我這裡借不到錢的話他只好去死！逼我去興哥那裡借錢週轉給他！」猛龍邊吃邊氣：「早知道他拿了我的錢，第二天就人間蒸發，誰會那麼笨去借高利貸！」

「大球欠錢，你去借高利貸給他，這聽起來不太合理啊猛龍。」彪哥直說了。

「我義薄雲天錯了嗎！我心軟有罪嗎！靠！大球跟我一起當兵還一起進組，他真的沒義氣！沒人性！」猛龍放下空空如也的便當，兩眼瞪大：「算了算了……彪哥！有沒有幾千塊？擋一下！我也不騙你，我暫時是找不到方法還了，但！如果你突然缺人要摔，我可以！脫光光不穿護具摔也沒問題！看是要撞碎玻璃還是火替，就算要把頭髮剃光也ＯＫ！加錢就好！啊啊啊啊我剛剛進來時隨便看了一下，我一眼就發現！那條懸在貓道上的鋼絲固定得不確實啊！你以前教我的我都還記得……」

「我說猛龍……」

「重點！重點就是我最近被興哥他們追得很緊！他們討債的真的很可怕……」

「猛龍！這裡的兄弟你都借過兩輪了，你來吃便當可以，但借錢就免了。」

「彪哥你是不是不相信我！真的是大球拖累我！大球他……」

「大球的告別式都過那麼久了，你想怎麼說都可以。」彪哥嚴肅起來。

「大球……他死了？」猛龍愕然：「怎麼死的？」

「夠了猛龍，真的夠了。」彪哥搖搖頭，一臉厭惡：「這些弟兄看我的面子，哪個沒借過你錢？聽好了，你隨時餓了，就隨時來，我天天留兩個便當給你，夠意思了吧。借錢？前面那幾條我們沒指望你還，但你不要太得寸進尺了。」

話都說成了這樣。

「天天留兩個便當給我？彪哥，你看著我……你當我是乞丐嗎？」猛龍有點激動，曾經在片場度過的每一天，都是他人生的巔峰：「我一身內傷怎麼來的？我以前怎麼幫你摔？」

「幫我摔？你是沒拿到錢嗎？幹！你欠錢，就他媽的去賣腎啊。」

「賣腎？」猛龍的臉一陣抽動。

「加一加你到底欠多少？賣一顆腎總夠了吧？」彪哥越說越不留情面。

猛龍的雙眼，瞬間被鹹水渲染模糊。

他拉起單薄的衣服，露出腹部。

肚臍旁，有一道深褐色的斜彎形疤痕。

「這是……」彪哥一時間還領會不過來。

「操他媽的賣一顆腎沒辦法解決啊！」

猛龍咬牙切齒大吼：「希望大球死掉的時候，身上兩顆腎都挖得乾乾淨淨！」

這一吼，剛剛還刻意迴避、站在棚外抽菸的幾個武行倒是給吸過來了。

大家圍著淚流滿面的猛龍，看著他下腹部怵目驚心的疤，顯然術後並沒有被好好對待，只是粗魯地亂縫一通。

雖然猛龍借錢不還，又要賴已讀不回，這些前武行同事早就開過會，發誓把猛龍當空氣，但看到他真的被黑道挖掉一顆腎，還是太慘了。

太慘太慘了。

「幹到底是欠多少啦！怎麼會搞成這樣？拿去拿去……」一個年輕武行嘆氣。

「算了算了我身上還有兩千，拿去吃飯。」一個武行把手伸進口袋裡。

「那些流氓真的夠狠！這些拿去拿去……」

「不要嫌棄錢少啦，我身上就這麼多，想辦法躲起來嘛真是！」

「要不要幫你報警啊？我堂哥在分局有認識一些警察……」

「我看你找方法偷渡算了，去奇怪的國家重新開始就好了嘛。」

「不說了，我能幫的就是這些。喏！」

「這部我們還要拍一個禮拜才殺，明天再來吃吧。」

這些曾經跟猛龍一起拉過鋼絲、挨過各種花式暴打、摔爛過無數地墊的前武行同事，於心不忍，紛紛掏出口袋裡的鈔票甚至銅板，接濟著被黑道挖走一顆腎的猛龍。

猛龍默默無語，吞下眼淚，將大家的好意一一放進口袋裡。

離開片場前，猛龍向不斷嘆氣的弟兄們深深一鞠躬。

「大恩大德！小弟猛龍！來世一定加倍奉還！」

2

有沒有來世，不知道。

但今生的麻煩還沒結束。

猛龍一走出攝影棚，就筆直往片場出口快步跑去。

肚子好癢。

幸好兩個禮拜前跑去跟搞特殊化妝的顯嘉借錢時，偷偷把她放在桌上的傷妝假皮摸走了兩片，一片報價四千，哼哼誰叫她死不借錢是吧！

只可惜沒順手摸走膠水，自己胡亂用三秒膠硬黏了傷妝假皮，等等撕下來一定很痛。

罷了罷了別想了，在興哥那裡欠下一大筆債之後，自己每天何嘗不是走一步算一步……

門口旁的便利商店，有一台沒熄火的黑色廂型車正等著。

猛龍左看右看，確認沒有人跟上來，這才小跑步跳上了廂型車後座。

車上，三個流里流氣的黑道弟兄正吃著從便利商店買來的烤地瓜，眼神充滿了不耐與不屑。

為首的，是一個梳著油頭、雙耳掛著一整排金屬環、脖子上還有一大片恐怖刺青的流氓，他將最後一口烤地瓜塞進嘴裡，往猛龍的臉就是一腳。

「幹你娘雞掰！去那麼久？」油頭人將鞋底用力踩壓在猛龍的臉上。

猛龍當然不敢生氣，甚至不敢將臉移開臭臭的鞋底，只是將臉稍微偏了個角度，勉強方便說話就可以了的程度。

「哈哈……當然要先敘敘舊嘛，各位大哥，你們該不會以為我有一滴滴的膽子……想落跑吧！」猛龍笑嘻嘻地從褲子裡掏出幾張鈔票跟零錢：「看！我說的是不是真的！這裡有九千多塊！全都是我以前認真做人的結果！是說零錢我就自己留著吃幾口飯啊嘻嘻……這九千六百當然就通通雙手奉上！感謝各位大哥暫時放我一馬……」

「猛龍猛龍……到底誰幫你取的啊！」油頭人冷笑：「幹你娘你自己聽了都不會想笑嗎你？」

「嘻嘻……哈哈！不要再糗我了啦各位大哥！哈哈哈哈哈！」猛龍趁著自嘲的一陣大笑，這才巧妙地將臉移開了油頭人的腳底。

是的，大家都管這個要錢不要臉皮的男人，叫「猛龍」。

「猛龍」當然不是本名，這個外號來自他背上的那一大片飛龍刺青。

刺龍刺鳳的人很多，卻唯獨這個男人被叫「猛龍」，卻不是因為背上那一片刺龍圖樣特別張狂生猛——恰恰相反，那隻「龍」刺得非常可笑。

那是猛龍當兵時，一個夢想在退伍後開刺青店的鄰兵的開張之作。負責刺青的鄰兵有了實肉練習的機會，被刺青的猛龍則享受免費的服務，但成果跟「雙贏」卻毫無關係。

這隻龍，線條拙劣，上色黯淡，龍眼瞪大到像是卡通裡「我的天啊！」的誇張技法，連國中生的課本塗鴉都不如，網路上隨便都可以找到一大串令人傻眼的刺青圖樣人集合，猛龍背上那條爛龍就貢獻了其中之一。

後來這條爛龍，同時成了這位鄰兵的封筆之作。

猛龍，就是最刺耳的反諷，他聽久了也不以為意。

坐在油頭人旁邊的黑道小弟，一把將那九千六百元抽走。

「……鞋子脫掉。」油頭人瞪著猛龍。

「蛤？我的鞋子穿到快爛啦，真的不值多少錢……」猛龍臉色微變。

「給我脫掉，還是要我把你的腳直接砍下來！」油頭人提高音量。

猛龍臉色發青，只能將鞋子脫掉。

左右兩隻鞋子裡，各藏了一張千元大鈔。

「怎麼可能……啊啊啊原來……」猛龍又驚又喜：「原來我鞋子裡有錢！」

「幹你娘就知道你狗改不了吃屎！吃屎！吃屎！」油頭人伸腳，用力朝猛龍的臉又踹了過去：「一秒都沒辦法相信你是不是！幹你娘！不要說沒給你機會啊幹幹幹幹幹！」

其他兩個小弟馬上從後座貢獻出腳，三個人猛踹了好一陣。

猛龍只能陪笑臉，不斷打哈哈。

3

結果還是被送到了這裡。

猛龍兩眼發直，看著一支黑色奇異筆，在自己蒼白削瘦的身體上畫來畫去，慢慢勾勒出內臟的形狀與尺寸。

明明就沒開冷氣，全身被脫光光的猛龍還是忍不住瑟瑟發抖。

此間，是一個燈光黯淡的老式牙科診所。

不植牙，不矯正，不美白，就光是拔牙，以及一點異業合作。

幾個神色不善的黑道兄弟，拿著短棍跟短棒，在暫停營業的診間裡或坐或靠，守住前後兩個出入口，不讓任何人有機會逃離這裡。

所謂的任何人，就是猛龍，以及其他兩個一樣全身赤裸的欠債男子。

是了，這裡就是傳說中的黑道診所。

道上的兄弟挨槍了，不方便去醫院挖子彈，就送來這裡緊急手術。

打理這間黑道診所的，雖是一個平常只管拔牙的七十歲老醫生，但處理刀創槍傷的實務經驗，絕對比台北市任何一間大醫院的急診室還豐富。

黑道兄弟是真正的好客人。

救活了兄弟，就拿不用繳稅的紅包，萬一人死了，也不會有人多說他一句。

不過，比起半夜被叫起來緊急手術，真正讓老醫生穩定賺退休金的，還是協助那些黑道，替那些欠債不還的窮鬼做器官買賣前的健康檢查，標定每個器官的價格。

這也是，猛龍今晚的命運。

「各位大哥，真的！肝！真的商量一下好不好！就肝！」猛龍努力擠出笑容。

站在老醫生旁邊吃泡麵的，是剛剛那一個梳著油頭的中年男子。

「我也肝……」另一個欠債男子也趕緊報名。

「如果可以，我也想肝……」第三名欠債男子也慌不擇路。

「肝肝肝肝肝肝……肝臟是很熱門啊，割下去根本沒感覺。但操你媽的猛龍！你是不是喝到快掛啦？肝指數比老人還爛，要賣給鬼啊？是說你有錢喝酒，沒錢還我是怎樣？這就是報應啦！」油頭人隨意翻著桌上剛列印出來的資料。

「不是不是！我是常常熬夜跑來跑去借錢啊！哎呀真的是誤會大了！我有錢買酒也沒時間喝啊大哥！」猛龍的臉上跑出一陣錯綜複雜的表情：「只要給我更多時間，我一定會想到更多辦法把錢擠出來！啊啊啊啊啊啊啊我想到了！」

「又想到什麼了啊？」油頭人隨口應付，繼續審視報告。

「那個鄰兵！在我背上亂刺青的那個鄰兵！靠都他害的！刺那什麼爛龍害我整個人的氣都壞了了！過幾天我衝去叫他賠我，不賠個幾萬……好歹也有幾千吧！不不不不不還是你們幫我出面！你們出面的話一定可以從他身上刮出五萬！」

「哼，誰會幫你這種人出頭啊幹！而且，搞不好人家這幾年比你還倒楣咧。」油頭人指著健檢資料上的一小行綠字，嘖嘖稱奇：「猛龍啊猛龍……沒想到你腎臟的數字真的還可以，天選之人嘛你！嘖嘖……接下來就要看看有沒有跟你配對成功的客戶，有的話，你就走運啦！」

「什麼？不是真的要割我的腎吧！」猛龍心一寒，今天用來矇騙前同事所造的假，難道馬上就要成真的嗎？

是說人人都有兩顆腎，要是賣掉其中一顆，就能把債還清的話，未嘗……

瞬間正面思考的猛龍，呼吸馬上平穩起來。

「哼，你欠的，單單一顆腎還不夠還。」油頭人一眼就看穿了猛龍，轉頭看向老醫生：「醫生啊，是說前幾次兩顆腎都被我們割掉的那些人，是不是都好好活了幾個月，不會馬上就死吧醫生？」

老醫生笑而不語。

猛龍大驚失色。

一顆腎也就⋯⋯也就算了！兩顆腎一起割掉絕對會死啊！

NO NO NO NO NO NO NO NO NO NO NO NO NO NO
NO NO NO NO NO NO NO NO NO NO NO NO NO NO
NO NO NO NO NO NO NO NO NO NO NO NO NO NO
NO NO NO NO NO NO NO NO NO NO NO NO NO NO
NO NO NO NO NO NO NO NO NO NO NO NO NO NO
NO NO NO NO NO NO NO NO NO NO NO NO NO NO
NO NO NO NO NO NO NO NO NO NO NO NO NO NO
NO NO NO NO NO NO NO NO NO NO NO NO NO NO
NO NO NO NO NO NO NO NO NO NO NO NO NO NO

猛龍完全慌了⋯⋯「不是不是！真的真的！再給我一點時間，我完全不喝酒真的！只要

再給我幾個月，我把酒精完全都排出去，肝指數一定沒問題的，我還不到三十，對吧？新

陳代謝！我會騙人但新陳代謝不會！我不抽菸不喝酒到時候半顆完美無瑕的肝一定比腎臟

更好價！我光賣肝就可以還債了真的！大哥，為了肝！給我幾個月！我可以每天真的是每

天！去找老鄧⋯⋯阿天還是小魚報到都可以，保證不會逃走！」

猛龍卯足了勁，死求活求。

「給你幾個月？我是有沒有聽錯！常常聽到別人跪下來拜託我寬限幾天還是幾個禮拜，蛤？哈囉？幾個月？幾個月是三小？第一次聽到這麼厚臉皮的。」油頭人冷笑，拿出奇異筆戳向猛龍的陰莖：「反正腎都大出清了，這裡應該算是一塊贅肉……」

奇異筆慢慢畫在發抖的陰莖上，一條歪曲的黑線。

「這種東西……沒人要吧大哥，沒聽過這種手術啊大哥……醫生！」猛龍嚇到胡言亂語：「醫生！我龜頭開過菜花真的！醫生你刷一下我的健保卡就知道了，移植我這種爛過的雞雞會害死人的！」

「不是拿來移植，是拿來糟蹋。」油頭人將筆蓋蓋好。

「……啊？」猛龍不解。

「下次有人敢賴興哥的帳，敢跑，敢騙，我就可以拿一罐臭老二標本出來，搖一搖，說這是讓我們找不到人的利息。」油頭人一本正經的表情，看不出來是不是在開玩笑：「你說，這樣還有沒有人敢逃？」

油頭人的眼睛，掃視了猛龍，以及其他兩個欠債逃跑的男子。

「我不敢！我再也不敢了！」兩名欠債男子嚇得跪下。

「不敢！本來就沒有人敢！」猛龍急到牙齒不斷咬到舌頭：「大哥！前幾天我真的不是

跑！我說過好幾遍了我是到處去找朋友調錢！大哥你想想看！我不到處跑錢要怎麼生錢給興哥對吧？興哥的勢力好比天羅地網，我怎麼可能覺得自己跑得了？我真的很尊敬興哥真的！不然！給我粉！看要幫忙私去哪個國家我都ＯＫ！我屁眼真的很鬆！很容易塞！哈哈哈哈好不好笑？好不好笑？哈哈哈哈哈哈哈！有中！有中！」

猛龍連屁眼都願意貢獻出來的賤樣，倒是逗得守在一旁的其他混混哈哈大笑，就連一向置身事外的老醫生也咧開了嘴。

「幹你娘把粉給你！把粉給你！要不要我用湯匙直接餵你啊！幹你娘還騙！還騙！」油頭人破口大罵：「醫生！客戶那邊的比對一出來！只要有需求！兩顆腎都給我割掉！」

正當猛龍苦苦哀求的時候，一旁混混的手機響起。

混混接聽後，臉色大變，趕緊將手機遞給油頭人。

油頭人瞬間坐直了身體。

「嗯嗯，嗯嗯嗯嗯……蛤？兩個都？靠，這麼不剛好？」油頭人皺眉。

猛龍豎起了耳朵。

「我這邊是有三隻白豬，我看看。」油頭人快速翻看了剛剛出爐的健檢報告：「兩個B型，一個O。喂！你們兩個B的！」

同樣是血型B型的猛龍，與另一個赤裸男子登時打起精神。

「你！就你！你屬什麼？」油頭人瞪眼。

「虎！」另一個赤裸男子張大嘴巴。

「你咧！」油頭人看向猛龍。

「狗……」猛龍應得有些心虛，畢竟不知道答案的背後是吉是凶。

油頭人深深吸了一口氣，對著手機那頭慢慢說道：「他媽的，我這裡還真的剛剛好有一個是B型，屬狗的垃圾，但他是八三年次，怎樣？混得過去嗎？操我哪知道，都幾點了！嗯嗯嗯……還來得及吧？我過去？還是你們過來？」

猛龍低頭，看著自己被畫了一條黑線的陰莖。

去哪？

不管去哪，上面跟下面都要一起去就對了。

車去的一路上，猛龍一句話都不敢多問，油頭人倒是沒再打他踢他。衣服褲子還是不給穿，卻給了光溜溜的猛龍一條厚實的大毛巾。

黑色廂型車停在漁港邊，一間海產店門口。

猛龍一眼就認出來，這是黑幫老大興哥親自打理的老店，不只是正常經營而已，生意還特別好，漁獲新鮮，供應充足，價格也非常公道。

有一次劇組拍打戲借到了這個場景，興哥底下的黑道弟兄很愛演，也客串了幾個嗆聲的角色。晚餐放飯的時候，生活製片竟擺出了滿滿海鮮的桌菜，大隊驚喜不已，掌廚的興哥還笑臉吟吟地出來跟大家合照，電影上映時還包了美麗華 IMAX 廳，許多道上兄弟都捧了場。

當時就知道興哥是很有份量的黑幫老大，人好相處，哪知道真正跟他副業經營的錢莊借了錢，利息照加照滾，從還不出來的第一天開始，猛龍的人生就陷入無邊無際的黑暗！

海產店門開著，裡面的燈卻要開不開的，昏昏暗暗令人不安。

店裡難道有殺人陷阱？不對啊……身上的器官都還沒割賣，自己是絕對不至於因為那

4

一點錢被殺的吧？

「啊不是……我欠的錢，沒多到興哥要親自見我吧？」猛龍惴惴不安。

「等一下進去，沒人問，你就別多話。」油頭人看猛龍緊張，竟伸手捏了捏他僵硬的脖子：「有人示意你做什麼，你就照做，要會看人眼色，懂嗎？」

「看不懂，就多看一下，多想一下，慢慢讓自己明白。」

「是，了解。」

哪裡有什麼了解？

「要知道你現在身上每一個地方都還在，已經是很大的運氣，要感恩。」

「懂！明白！」

哪來的懂？又明白了個鬼？

「下車吧。」油頭人示意司機，電動車門緩緩打開。

海風灌進，猛龍打了一個哆嗦，奶頭瞬間縮成硬塊。

「我一個人進去？」猛龍愕然。

「……」油頭人點點頭。

「那……我可以穿衣服嗎？」猛龍左顧右盼。

「我剛剛說什麼？」油頭人神色略略不快。

「是！是！」猛龍趕緊豎起大拇指：「那我下車了大哥！」

猛龍不敢廢話，赤身裸體跳下車，在鹹鹹的海風中走進海產店。

到底是什麼事，要自己這樣脫光光進去興哥的店呢？

難道興哥有那種雅興，要狂操自己的屁眼嗎？

好像有可能？又好像不可能吧？那通電話自己的的確確有在旁邊聽到，興哥，或是興哥這邊的誰，不是指定要找一個特定的誰，而是指定要找一個血型B然後生肖屬狗的人，自己只是碰巧符合條件罷了……

所以，興哥是要大費周章指定要操一個B型、然後屬狗的人的屁眼？

怪怪的，血型跟生肖有比臉還重要嗎？

猛龍當兵時是特戰，退役後幹過五年武行，身材維持得挺不錯，雖然欠錢跑路的這一年來常常營養不良，但過瘦總比過胖好吧？

不管怎樣，被操屁眼總比腎臟還是肝臟甚至眼角膜被賣掉划算！

推開門，猛龍用力深深一吸。

打烊的海產店裡面，收銀台上架了座神龕，祭拜著關公。

關公神像兩側點著紅色的塑膠燈，下方站了兩個人。

看起來不像是黑道兄弟。

一個面無表情的老人，一個臉色僵硬的年輕人，兩人都頂了大光頭。

還有一股濃濃的臭味。

不是想當然耳的魚腥味，而是……鳥屎？羽毛？

猛龍住在台南的外公養過好幾年賽鴿，這股禽鳥臭再熟悉不過。但此間禽鳥臭已濃到像是走進擁擠的鴿籠，海產店裡卻沒看到一隻鳥。

仔細聽，好像聽得到許多鳥叫聲跟翅膀拍擊聲，但鳥在哪？被關在深處嗎？

猛龍不敢東張西望，因為老光頭與小光頭已拿著皮尺走向自己。

本能地想問什麼，但猛龍馬上想起了油頭人在車上的提醒，及時住嘴。

瞧這兩個光頭的手勢，像是要為猛龍丈量身軀尺寸，猛龍自然而然配合起來，舉起手，讓長長的皮尺在身上的各處拉開。

老光頭每量一處，小光頭便在一本筆記本上的簡單人形圖旁，記錄下數字，耳朵、眉毛、眉心距離、鼻骨、鎖骨間距、人中、舌頭、陰莖、陰囊、每一根手指腳趾、以及仰起脖子後的喉結弧度，精確深究，幾乎到了想記下每一根骨頭的程度。

這種量法已大大超過訂製西裝、甚至是超級英雄緊身衣的確認了，而且猛龍身上的胎記與痣的位置，也被小光頭逐一描繪在筆記本的人形圖案上，怪異得不得了，這一番操作猛龍完全看不懂，但一老一少兩光頭的手法非常熟練，他也就任憑擺布。

過程中，猛龍也被老光頭與小光頭之間的特殊溝通聲給吸引。

這兩個光頭並不說話，只是發出咿咿啞啞的怪聲。

喔不，他們恐怕不是不說話，而是說不了話。

他們的脖子上都有一道細細長長的疤痕，從下巴一路直劈，深入胸下。

猛龍揣測，這一老一少多半也在興哥這裡欠下一筆無法償還的債，被強行取走了一些……一些聲帶之類的東西吧？然後只能替興哥做這些莫名其妙的事，持續抵債是嗎？

在猛龍胡亂幫這兩個光頭穿鑿附會他們的人設之際，他們終於丈量好了猛龍身上每一處可以提供尺寸的地方。

沒發生什麼可怕的事，令人欣慰，猛龍只是有點冷。

一老一少拉了椅子坐下休息，猛龍自己也在圓形大餐桌邊坐下。

接著是長達十幾分鐘的沉默。

不鏽鋼製的圓椅冷冷的，令猛龍垂放在外的陰囊不太舒服，加上坐在對面的兩顆光頭，即使睜著眼睛，卻完全迴避了猛龍尋求溝通的目光，更讓他不自在。

忽然，伴隨著一陣激烈的鳥叫聲，一股更濃郁十倍的禽鳥臭撲鼻。

朦朧的稀薄燈光中，破損的羽毛飄出。

一道人影從海產店最裡側走了出來。

5

即使穿了擦亮的皮鞋，步伐還是意興闌珊。

是一個穿著淺灰色細長風衣的男子，手裡拎著一只陳舊的皮箱。

身長跟猛龍差不多，超過一百八十公分，但看起來……看起來多大呢？刻意染了一頭自以為時尚的銀白髮，卻掩蓋不了男子眼神裡的稚氣，大約三十歲上下吧？

喔不，那不是稚氣。

在銀白髮男子的眼睛裡閃爍著的，不是稚氣那種靈活，而是躁動。

那是一種，隨時都想找機會發脾氣的躁動。

猛龍在許多初試啼聲的年輕導演身上經常可以看到這股躁動，新導演在力求表現之餘，還非常希望周遭的工作夥伴，都能注意到自己絕對不是池中之物的那種好強，有時這股躁動，只能用過溢的怒意，來包裝不安的不自覺。

銀白髮男子既然是從海產店最裡側走出來，一定比猛龍還要早到。

他看了兩個光頭一眼，拋了一句：「剩這麼一點時間，還真讓你們及時找到。」便直直地走到猛龍面前，一股腦將手上那只發出老件氣味的舊皮箱放在圓形大餐桌上，喀啦打開。

有股霉味，但不至於令人皺起眉頭。

舊皮箱裡頭，滿滿的都是充滿年代感的紙張。

銀白髮男子拿了一疊文件，以及一張借據，放在猛龍面前。

那張借據！

那張！該死的！借據！

就是它！一年前猛龍失心瘋在上面寫下自己的名字跟一串數字，從此便將他的人生徹底打入了地獄，猛龍恨不得馬上將它撕碎吞下。

另一疊，則是事先打印好的契約紙，上面還用迴紋針別上了一張名片。

名片正中間，寫著「擔保人」三個字職稱，卻省略了名字。

「握手就免了，我是做擔保的。」銀白髮男子拿出電子菸，吞雲吐霧起來：「只要是你有的，就什麼都可以押。」

「是。」猛龍的眼睛裡，只有那張逼死人的借據。

「這裡，一共十七頁，姓名住址電話身高體重血型擅長的球類最喜歡哪個明星一百公尺跑多快鞋子穿幾號鼻子有沒有過敏，通通都要填，每一頁都要簽名，騎縫處蓋個手印，合約一式兩份，委託人與被委託人都要簽名蓋章，由我統一保管，看清楚，看清楚再簽。」

既然什麼都不能問，那把文件看仔細總可以吧？

猛龍在微弱的燈光下拿起文件，試著把這十七頁好好看清楚，至少！至少把自己到底要付出什麼？還有可以拿到什麼？關鍵的那一頁給找到吧！

猛龍翻來翻去，越翻越急，字體有點小，排版又密密麻麻十分惡質。

坐在對面，自稱「擔保人」的銀白髮男子看了一下手錶。

九點二十七分，時間很趕。

時間永遠都很趕。

擔保人索性伸手過去，按住其中一頁，用指甲尖慢慢刮過關鍵的幾行字，一個字一個字念道：「此合約之要旨，乃作為本人所積欠劉遠興先生所放高利貸債務，一舉清償之交換。本人遵守契約精神，於今天晚間十一點整，至明天凌晨五點整，一共六個鐘頭，期間，本人自願代替劉遠興先生，迎接人生喜怒哀樂，悲歡離合。如有違背，受萬刀慘死。」

「蛤？」猛龍一震。

「翻譯過來就是，只要你答應代替劉遠興先生，六個小時，天一亮，你所欠下的債務就會全數歸零——零，沒有，消失。」擔保人面無表情，只是公平公正地解釋條約：「當然，你也可以拒絕，對我來說沒差。」

「萬刀慘死的意思……」猛龍趕緊將問題煞在嘴裡：「是，懂了。」

「嗯，萬刀慘死的意思，就是萬刀慘死。」擔保人倒是不厭其煩。

猛龍注意到，這一式兩份的合約底下，都有興哥的手印與簽名，那紅紅的手印在昏暗的燈光下隱約冒著紅光。很可能，興哥剛剛才在裡頭落下了印。

此時猛龍想起來，這間由興哥直營的海產店，最裡頭的空間裡，有一間興哥會親自下廚招待VIP客戶的特別包廂，劇組勘景時有參觀過一次，在猛龍的記憶裡留下了「好像很雅緻」的印象。

此時此刻，興哥應該就在特殊包廂吧？

「怎麼樣？」擔保人說得輕鬆，手裡倒是拿起了那張借據。

借據很輕，下場很重。

至於，什麼叫「代替興哥迎接三小人生悲歡離合的六個小時」？

幹，根本不用問，比起兩顆待價而沽的腎，加一條畫了黑線的老二，眼前的契約對猛龍來說，絕對是超級有利的條件。

「我不知道是不是耍我，但，我一簽下去，再要我還錢我就報警。」

猛龍瞬間精神抖擻，挺起了腰桿，接過筆，快速地在合約上的每一個瑣碎的個人資料上一一回答，最後在每一頁的騎縫處簽名，簽名，簽名，蓋手印！蓋手印！蓋手印！

擔保人快速審視了所有的簽名，點點頭，將其中一份完整還給了猛龍留存。

如果還有任何讓猛龍擔心的，騙局之類的假設，也因為他手上確實抓著那份莫名其妙的合約，瞬間煙消雲散。

「好，依照合約上面附註的細則，接下來你就照他們兩個的要求去做。」擔保人將第二份合約收回了舊皮箱，蓋上喀喀。

雖不明白附註的細則是什麼，猛龍心情還是大好：「來吧！」

小光頭默默站起，踩在椅子上，從收銀台上方的關公神像邊，抽出了五支香，將其中兩支從中折斷後，再一齊點燃。

猛龍下意識想接過香拜關公，卻接了個空。

小光頭拿著這五支長短不一的香，繞著猛龍赤裸的身體拍打，動作近似收驚，卻又不太像是同一回事。小光頭的動作更像是抽打，然後在每一個關節的位置畫上叉叉。

猛龍注意到，小光頭刻意裝出一臉嫌惡的表情。

老光頭更是怪異，雙手抓著一只邊角缺損的瓷碗，站在猛龍面前。

是要幹嘛？

只見小光頭走到猛龍背後，將三長兩短的燃香用力往頸椎插落！

「啊幹！」猛龍吃痛。

猛龍這一唉唉叫，老光頭拿著缺角的瓷碗，飛快在猛龍的嘴前一撈。

小光頭拿著燃香，在猛龍每一個脊椎空隙裡插下！插下！插下！

一絲不掛的猛龍當然痛得哇哇叫，但即使是沒仔細看合約細則的他，也曉得必須忍耐這過程，一旦拔腿就跑，就得回診所拔腎割懶叫。

而每次猛龍一叫，老光頭就拿著那破碗在他嘴邊撈來撈去，撈了個空氣。

直到連尾椎也被狠狠刺燙後，猛龍痛叫出最後一聲，老光頭用最熟練的手法在他嘴前一撈，隨即以最快的速度，用力將那一只破碗摔在地上！

「……」猛龍嚇了一大跳，搞屁啊！

接下來，該不會要自己赤腳踩過這些碎片吧？

小光頭拿著掃把，大動作將地上的碎碗掃到一旁，猛龍鬆了一口氣。

此時老光頭捧出一副麻將盒，打開，從裡面拿出三支綠色的麻將尺。以及一把莊家開門用的紅色麻將尺。

並無特殊之處，四支都是市面上最尋常可見的那種透明塑膠麻將尺，老光頭將紅色麻將尺交給猛龍後，做出一個「折斷」的動作。

猛龍似懂非懂，看向坐在一旁的擔保人。

「……都是細則。」擔保人抽著電子菸，一派輕鬆地解釋。

猛龍使勁一折，那根紅色塑膠尺啪地應聲而斷。

老光頭拿一支綠色麻將尺，小光頭拿兩支，開始朝猛龍的腳掌猛打。

猛龍痛得哇哇亂跳，一露出腳底板，三把麻將尺也跟著削了下去。敲腳趾，削腳底，砍腳後跟，全都在三支麻將尺劈里啪啦的削打範圍，猛龍原地狂跳，直到腳底腫起來，一老一少光頭才終於停下。

「……哇靠，細則到底還有多少條啊！」猛龍劇烈喘氣。

他們的怪異行徑顯然還沒停止。

只見小光頭踩著椅子，將收銀台上神龕裡的關公神像捧下，慎重地交予猛龍。

猛龍不解，只是捧著沉甸甸的關公神像。

小光頭作勢要摔。

摔？真的假的？

猛龍太訝異了，這尊關公不是興哥供奉的嗎？

自己不是不敢摔關公，但這個姿勢是真的要摔，還是僅僅作勢要摔？這總要確認的吧？

但猛龍還沒開口，疑惑的目光就被老光頭的手指往地上一帶，那是剛剛被掃到角落的破碗碎片。

是喔，你們確定就好。

聳聳肩，猛龍高高抬起關公神像，用力往地上一砸。

關公是木雕的神像，沒有碎掉，但依舊發出可怕的吱吱聲響。

小光頭跪在地上，朝落難的關公拜了拜，小心翼翼捧了起來，再度交給猛龍，示意他繼續摔。

猛龍就這樣用力摔了關公神像十幾次，直到神像迸裂，小光頭才用一張大紅布將毀損的關公妥妥地包了起來，恭恭敬敬地放在收銀台上。

完全搞不懂，這是在進行什麼鄙視關公的邪術嗎？

這又跟代替興哥過六個小時有什麼關係？

老光頭打開用來冰啤酒與茶水的冰箱，拿出一個急救箱大小的塑膠盒。

塑膠盒裡有十幾支針筒，裡面蓄滿了濃稠的紅色液體，只要電影看得夠多，很容易聯想到血。

猛龍頭皮發麻，不用說，這也是細項的一部分吧。

「血型B，對吧？」擔保人看著資料，吐了一口菸氣：「等等給你吃一顆抗過敏的藥，不用太擔心。」

沒有超出想像，老光頭果然將這一管又一管蓄滿血水的針筒，省略消毒，就直接打進了猛龍的手臂裡。

就算這些血是B型，這樣直接打進身體裡是可以的嗎？會不會感染不說，主要是太冰了，這幾管來源不明的冷藏血液一打進猛龍的血管，那股寒意就滲透擴散，凍得他牙齒直顫。

猛龍心想，操他媽的這些血應該是興哥的吧？這也是契約中代替興哥的意義之一嗎？哇靠這真也太像是邪教的儀式了！而且是很不衛生的邪教！

擔保人拿出一顆抗過敏藥，上面寫著驅異樂，令渾身發抖的猛龍吞下。

老光頭拿出一張四平八穩的棉紙。

上面用炭筆畫了一張人臉，乍看之下很像……很像……

小光頭拍拍猛龍的肩膀，將他彎了身子，好讓老光頭將畫了人臉的棉紙壓在猛龍的臉上，壓，壓，壓，抹，抹，抹。

什麼很像，絕對就是興哥無誤！

炭粉刺鼻，猛龍打了一個噴嚏，想也知道棉紙上的炭畫已模糊在他的臉上。

小光頭從裡頭拿出一整套西裝，一條內褲，還有一雙皮鞋，不用說，丈量了半天尺寸，自然是要猛龍穿上的。

猛龍看了看，那套西裝跟鞋子任誰都不會有意見。而不管是誰都會有意見的，莫過於那條沾了一小片尿漬的內褲，尿漬上甚至黏了一根……毛？

扮成興哥，六個小時以後就一筆勾銷對吧？

「……」猛龍無奈至極，速速穿上充滿興哥氣息的內褲，套上過於緊繃的西裝，幸好鞋子還勉強塞得進去：「這樣就可以了吧？」

喔不，還不可以。

擔保人看了看手錶，十點十分。

6

小光頭將一塊長條黑布蒙上猛龍的眼。

兩光頭一人搭一肩，領著猛龍走出海產店，往漁港後面的小巷子慢慢趖去。

雖然不知道要去哪裡，但此刻的猛龍倒不擔心自己被暗算。

興哥那一夥人事業錯綜複雜，包山包海包器官，真要他這條小小的爛命，實在不需要大費周章。

一邊在黑暗中瞎走，猛龍一邊猜想，自己大概是要被帶去一個祕密賭場，代替興哥下場玩一次特別危險的賭局吧。很多漫畫都有類似的劇情？

想到這個可能，猛龍不由得緊張起來。

有資格跟興哥對賭的，一定也是某個幫派老大吧？那興哥不敢自己下場玩的賭，一定有生命危險，至少是真槍實彈的俄羅斯輪盤吧？不過，這也不太合理啊！若只是代賭，需要搞到剛剛那一番又是輸血又是摔神像的怪招嗎？

當黑布解開時，光線並不刺眼。

猛龍發現自己站在一條彎曲的窄巷裡。

上百只紅色燈籠吊晃在巷子上空，卻沒一盞點燈，任憑風吹搖晃。

紅色燈籠陣底下的窄巷，窄到只容一個人勉強走過，巷壁卻硬是站滿了許多濃妝豔抹的女人。

巷體彎曲，完全看不到盡頭，這些女人都上了年紀，至少五十歲以上，笑吟吟的，一臉不正經地看著猛龍。也不知道這一巷到底站了多少老女人。

小光頭咿咿啞啞，示意猛龍往前走。

穿著極不合身的西裝，猛龍紅著臉，側著身，從這些老女人面前走過。

根本無法走快，因為這些老女人每個都伸出畫紅了指甲的手，輕輕地拍著猛龍的背，推著他，喚著他……

「劉遠興！」

猛龍下意識一回頭……啊？

原來是叫興哥啊，自己倒是不爭氣地回了頭。

這些老女人身上都噴了濃郁厚重的香水，廉價卻有效，當猛龍在尷尬的空間裡擠著擠著往前走、不得不跟她們的胸部擦過時，那些人工香氣竟勾得猛龍有些暈眩。

猛龍臉熱，越是想深呼吸壓制慾望，就吸入越多香氣，下體就越是翹高。

「劉遠興！」「劉遠興！」「劉遠興！」「劉遠興！」「劉遠興！」「劉遠興！」

「劉遠興！」「劉遠興！」「劉遠興！」「劉遠興！」「劉遠興！」「劉遠興！」「劉遠興！」
「劉遠興！」「劉遠興！」「劉遠興！」「劉遠興！」「劉遠興！」「劉遠興！」「劉遠興！」
「劉遠興！」「劉遠興！」「劉遠興！」「劉遠興！」「劉遠興！」「劉遠興！」「劉遠興！」
「劉遠興！」「劉遠興！」「劉遠興！」「劉遠興！」「劉遠興！」「劉遠興！」「劉遠興！」
「劉遠興！」「劉遠興！」「劉遠興！」「劉遠興！」「劉遠興！」「劉遠興！」「劉遠興！」
「劉遠興！」「劉遠興！」「劉遠興！」「劉遠興！」「劉遠興！」「劉遠興！」「劉遠興！」

當猛龍經過她們面前，這些老女人嗲聲嗲氣地呼喚興哥的本名，一邊喊，還一邊拍猛龍的背、用指甲刮他的脖子、彈他的耳垂、在他耳邊輕吹氣、搔他癢，有的還趁機偷摸他下體一把。

猛龍暗暗覺得好笑，那些老女人故意亂喊興哥的本名也就算了，到後來連自己也會忍不住一直回頭，看看到底是誰在亂喊。

鶯鶯燕燕，天旋地轉，這條彎彎曲曲的巷子好像走都走不完，喊也喊不完……

直到猛龍的老二又被用力一抓，猛龍唉唉叫，認出了正在突襲他的老女人，下巴有一顆明顯的大黑痣！哇靠，不會錯的，而這個黑痣老女人至少亂抓了他的下體三次了！

猛龍忽然醒悟，這條紅燈籠巷前後相連，無頭無尾，走一百年也不可能走出去，難道今晚就要在這裡一直被抓老二，耗掉六小時直到天亮嗎？

當猛龍露出恍然大悟的表情時，這些老女人以極快的速度傳遞眼神。

整條巷子裡的老女人幾乎在同一時間轉身，面向牆壁。

女人們緊閉雙眼，抿上嘴巴，頭垂得低低，就像被罰站不准說話的小孩……

不。

更像是，突然被吸入牆壁裡的塑膠人偶。

香氣未散。

人聲已寂。

只剩下吊在巷子上空的紅色燈籠，彼此碰撞的微響。

這變化太突然，太邪門，一時不知道該往哪個方向走的猛龍，頭皮發麻。

這些女人不約而同伸出手，將手指用力插入耳朵。

猛龍不明就裡。

突然，好幾串點燃的白色鞭炮從天而落！劈里啪啦！

劈里啪啦啪啦啪啦轟轟轟轟劈劈劈劈啦啦啦啪啪啪啪啪啦啦啪啦轟轟轟劈里啪啦劈劈劈劈轟轟啦啦轟轟轟轟啦啦劈劈啪啪啪啪啪啪劈里啪啦啪啦啪啦轟轟轟轟劈劈劈劈啦啦啦啪啪啪啪啪啦啦啪啦轟轟轟劈里啪啦劈劈劈劈轟轟啦啦轟轟轟轟啦啦劈劈啪啪啪啪啪啪劈里啪啦啪啦啪啦轟轟轟轟劈劈劈劈啦啦啦啪啪啪啪啪啦啦啪啦轟轟轟劈里啪

啦劈劈劈劈轟轟啦啦轟轟轟轟啦啦劈劈啪啪啪啪啪啪劈里轟轟轟轟轟轟轟轟轟轟轟轟
轟轟轟轟啪啦啪啦啪啦轟轟轟轟劈劈劈劈啦啦轟轟轟轟啦啪啪啪啪啪啦啦啪啦轟轟轟
劈里啪啦劈劈劈劈轟轟啦啦轟轟轟轟啦啦劈轟轟轟轟劈啪啪轟轟轟轟啪啪啪啪劈里啪
啦啪啦啪啦轟轟轟轟劈劈劈劈啦啦啦啪啪啪啪啪啦啦啪啦轟轟轟劈里啪啦劈劈劈劈轟
轟啦啦轟轟轟轟啦啦劈劈啪啪啪啪啪啪劈里啪啦啪啦啪啦轟轟轟轟劈劈劈劈啦啦啦啪
啪啪啪啪啦啦啪啦轟轟轟劈里啪啦劈劈劈劈轟轟啦啦轟轟轟轟啦啦劈劈啪啪啪啪啪啪
劈里啪啦啪啦啪啦轟轟轟轟劈劈劈劈啦啦啦啪啪啪啪啪啦啦啪啦轟轟轟劈里啪啦劈劈
劈劈轟轟啦啦轟轟轟轟啦啦劈劈啪啪啪啪啪啪轟轟轟轟轟轟轟轟轟轟轟轟劈劈劈劈啦
啦啦啪啪啪啪啪啦啦啪啦劈里啪啦轟轟轟轟轟轟轟轟轟轟轟轟轟轟轟轟轟轟轟轟轟轟

一串又一串不斷落在猛龍身邊的白色鞭炮，把他當油條炸！

炸得他屁滾尿流！

炸得他六神無主！

炸得他魂飛魄散！

炸得他連跑都忘了，只能抱頭蹲下，摀著耳朵，張嘴無聲大吼。

啊啊啊啊啊啊啊啊啊啊啊啊啊啊啊啊啊啊啊啊啊啊啊啊啊啊啊啊啊啊啊啊啊啊啊啊啊
啊啊啊到底在搞什麼啊啊啊啊啊啊啊啊啊啊啊啊啊啊啊啊啊啊啊啊啊啊啊啊啊啊啊啊

啊啊啊啊啊啊啊到底到底要放放放放放到什麼什麼什麼

什麼什麼什麼什麼什麼什麼什麼什麼什麼什麼什麼什麼什麼時候啊啊

啊啊啊啊啊啊啊啊啊啊啊啊啊啊啊啊啊啊啊啊啊啊啊啊啊啊啊啊啊啊

啊啊啊啊啊啊啊啊啊啊啊啊啊啊啊啊啊啊啊啊啊啊啊啊啊啊啊啊啊啊

啊啊啊啊啊啊啊啊啊啊啊啊啊啊啊啊啊啊啊啊啊啊啊啊啊啊啊啊啊啊

啊啊啊啊啊啊啊啊啊啊啊啊啊啊啊啊啊啊啊啊啊啊啊啊啊啊啊啊啊啊

啊啊啊啊啊啊啊啊啊啊啊啊啊啊啊啊啊啊啊啊啊啊啊啊啊啊啊啊啊啊

啊啊啊啊啊啊啊啊啊啊啊啊啊啊啊啊啊啊啊啊啊啊啊啊啊啊啊啊啊啊

！！！！

………………

7

濕濕熱熱的。

熟悉的、累積在陳年壁紙與地毯上的，菸垢味。

好吵。

猛龍昏昏沉沉，半睜開眼睛，赫然發現自己大字型躺在軟軟的沙發上。

歡鬧的聲音從四面八方翻湧過來，猛龍呆呆瞪大眼睛，左看，右看，好多穿著火辣的傳播妹，頭上戴著紅色惡魔髮箍，揮舞著仙女棒，全都笑著對著自己大喊……

吹！吹！吹！吹！吹！吹！吹！吹！吹！吹！吹！吹！吹！吹！吹！吹！吹！吹！

吹！吹！吹！吹！吹！吹！吹！吹！吹！吹！吹！吹！吹！吹！吹！吹！吹！吹！

吹！吹！吹！吹！吹！吹！吹！吹！吹！吹！吹！吹！吹！吹！吹！吹！吹！吹！

吹！吹！吹！吹！吹！吹！吹！吹！吹！吹！吹！吹！吹！吹！吹！吹！吹！吹！

吹！吹！吹！吹！吹！吹！吹！吹！吹！吹！吹！吹！吹！吹！吹！吹！吹！吹！

這裡是KTV？總統包廂？

怪怪的……下體濕濕熱熱的？

猛龍大駭，低頭一看，竟有一個年輕的女孩跪在地上，將自己的陰莖含住。

這是什麼狀況！

巷子呢！那些鬼鬼祟祟的老女人咧！鞭炮咧！操你媽的鞭炮咧！

唯一確定的，就是自己的老二正躺在一個可愛女孩的嘴巴裡！

「興哥！你的主題曲來啦！」

一把將麥克風塞給自己的，竟是油頭人！

「啊？大哥！」猛龍全身僵硬：「對不起我……」

「就說是興哥啊！你的！萬年主題曲啊！」油頭人抓起另一支麥克風，跳上沙發一起唱歌：「小的我！陪你唱唱唱唱唱唱到天亮啦！」

「這也是合約細項規定的嗎？」猛龍不知所措：「現在是……是怎樣？」

「興哥你到底在說什麼啊！妳妳妳！還不快幫興哥出來！」油頭人假裝生氣：「是不是要我用腳幫妳壓頭啊！」

跪著的女孩比了個ＯＫ的手勢，隨即加速吞吐。

猛龍驚得往後一拔，老二差點翹出了傳播妹的小嘴。

「興哥害羞啦！哈哈哈哈哈哈！」幾個坐在沙發上的黑幫小弟大笑。

「唱歌唱歌！興哥每年生日都要唱這首啦！」油頭人狂唱起來。

螢幕上一首陌生的台語歌，陳舊的曲調根本離嗨歌一萬八千里，但油頭人跟幾個黑道兄弟都用最激烈的氣勢大吼，把老歌唱成軍歌，猛龍也只好對著字幕慢慢瞎唱。

猛龍一邊唱，一邊努力將煩躁的心情沉澱下來，審視目前狀況。

自己還穿著那一身過於緊繃的西裝跟鞋子。

桌上有一大塊疊高高的大蛋糕，分毫未動。

油頭人說，今天是興哥生日？

所以自己針對興哥的角色扮演，不僅不需要參加恐怖的俄羅斯輪盤，還可以代替興哥被吹老二？這是黑幫老大獨特的生日梗嗎？從欠債的倒楣鬼裡面抽出幸運的得主，讓他實現人生大逆轉的六個小時？

是，腦袋裡的疑問是堆積如山，但嬌氣十足的加油聲同樣排山倒海而來。

猛龍漸漸抵受不住，下腹一陣痠軟，便唏哩花啦射進了傳播妹的嘴裡。

猛龍臉紅紅，猶如一顆被挖乾淨的百香果，通體只剩下尷尬的半殼。

只見傳播妹依舊跪在地毯上，抿著嘴，仰起頭，高高舉起雙手，就像剛剛解救了整個舊金山與惡魔島人質的尼可拉斯凱吉，接受滿場的尖叫聲與掌聲。

傳播妹有點痛苦地緊閉眼。

咕嚕咕嚕。

傳播妹張開嘴巴，空空如也。

「興哥真的好會忍，人家下巴都快抽筋了耶！」傳播妹舔了舔嘴角，笑得有點辛苦。

「……啊？」猛龍困窘不已。

只見油頭人從沙發上猛一跳下，對著傳播妹就是一巴掌抽下！

「幹你娘！興哥的洨是妳可以吞的嗎？」油頭人怒斥。

全場怔住。

尷尬死了，猛龍趕緊把褲子穿好。

「我想說……給興哥一點特別優待。」造次的傳播妹嚇到連眼淚都不敢掉：「對不起，以後……我不敢了。」

「我就問！興哥的洨，是妳這種臭破麻可以吞的是不是！」油頭人一巴掌又下去：「是不是！是不是！我在問妳！是不是！是不是！」

啪！啪！啪！油頭人不停地甩巴掌。

「問妳啊！是不是！是不是！是不是！」

闖禍的傳播妹被連續巴掌轟得發暈，必須反手抓緊桌角，才能勉強維持住一個乖乖挨打卻不會摔倒的姿勢，臉越來越腫，口鼻都給轟出血來。

「話不可以亂講！洨也不可以亂吃！操！」油頭人完全沒有要停手的意思。

整個總統包廂塞滿了五十多個人，沒有一人敢出聲相勸。

唯一有爽到的猛龍，更加不知所措。

「沒有啦其實是……是我不好。」猛龍也不知道自己在說什麼。

「興哥呀！你大人有大量，你好好看著就好。」油頭人有點埋怨，又是一掌：「規矩，小的來教就可以了。」

油頭人一把拿起桌上還剩半瓶的烈酒，硬插進被打成豬頭的傳播妹嘴裡，一鼓作氣清光烈酒後，兩個小弟再將她的雙腳倒抓起來，一陣一百八十度顛倒亂晃，烈酒隨著胃酸在傳播妹的肚子裡旋轉又旋轉。

才幾秒，傳播妹就被晃到大嘔吐，連鼻孔也痛苦地嗆出酒水。

「這不是把大哥的洨吐出來了嗎？」油頭人嫌惡地按下服務鈴。

不知道是誰起的頭，整個總統包廂響起一陣掌聲鼓勵，紛紛叫好，那個倒楣惹事的傳播妹趕緊站起來，強顏歡笑比了個讚，這才放心地暈死過去。

猛龍偷偷鬆了一口氣。

「哎呀！十二點整！」

一個站在角落的混混突然大吼：「興哥生日快樂！」

大家舉杯，齊聲狂吼：「興！哥！生！日！快！樂！」

擠滿整個包廂裡的黑道兄弟與傳播妹，一致向猛龍高聲祝賀。

「嗯嗯嗯嗯……那個那個謝謝大家！謝謝謝謝！」猛龍全身燥熱，雖然按照合約自己應該好好扮演興哥，但大家太過認真，也未免太尷尬了吧。

「興哥許願！」油頭人將蠟燭插在早已就位的蛋糕上，打火機點燃。

大家吆喝著，簇擁著。

「……好的好的，那第一個願望，就祝福大家都賺大錢！」猛龍提高音量，想快快許願了事：「賺大錢好不好！」

「好！謝謝大哥！」大家一起歡呼。

「那那那那第二個願望，就是……我也賺大錢！」猛龍順著快樂的氣氛，大聲胡說八道：「讓我也賺大錢這樣好不好啊！」

「當然大賺錢啊興哥！今年興哥在馬路跟下水道包的工程削了超多！興哥的口袋都快滿出來啦！」油頭人舉杯大笑：「興哥！發錢啦！發錢就發爐啦！」

猛龍這才發現自己的褲子口袋鼓鼓的，裡面竟疊了許多鈔票。

「哇靠大哥！這些錢都是……」猛龍愣了一下。

「就說興哥發錢啦！」油頭人歡呼，所有人都爽到瘋了。

「發錢！」、「發錢！」、「發錢！」、「發錢！」、「發錢！」、「發錢！」

「發錢！」、「發錢！」、「發錢！」、「發錢！」、「發錢！」、「發錢！」「發錢！」、「發錢！」、「發錢！」、「發錢！」、「發錢！」、「發錢！」「發錢！」、「發錢！」、「發錢！」、「發錢！」、「發錢！」、「發錢！」「發錢！」、「發錢！」、「發錢！」、「發錢！」、「發錢！」、「發錢！」

猛龍腦袋一片空白，就像人形提款機一樣，掏出鈔票往天花板撒了上去。

撒撒撒撒撒撒！鈔票滿天飛飛飛飛飛飛！

但大家儘管縱聲歡呼，卻沒有一個人真的伸手抓取散落整個包廂的鈔票，只是笑得更大聲，跳上沙發！蹦上桌子！跳跳跳跳得更鬧更嗨！

不管誰誰誰都輪流挨了過來，靠在猛龍耳邊一句賀辭接一句賀辭，一杯又一杯敬猛龍酒。

「不免俗一句！我先！祝興哥福如東海！壽比南山！」

「祝福興哥福壽綿綿！長命百年！」

「興哥！我先一杯！歲歲年年有今朝！」

「所有兄弟祝興哥富貴安康，春秋不老！年年有今日！歲歲有今朝！」

「恭祝興哥江湖無敵！日月昌明！日月同輝！」

「松鶴長春！後福無疆！興哥生日快樂！」

「興哥生意興隆！財源滾滾滾滾滾滾到天邊！海邊！」

「Happy Birthday 什麼時候興哥帶領我們把生意做到美國啊哈哈哈！」

「平平安安！健健康康！順順心心啊興哥！」

「祝興哥身體壯如虎！金錢不勝數！天下無敵的興哥生日快樂！」

第三個願望還沒許，蠟燭更沒有吹，快歌又點上，包廂群嗨。

操你媽的……扮興哥就扮興哥吧？

酒水下肚，猛龍徹底放開心懷，在眾人簇捧下唱了一首又一首。

恍恍惚惚。

鶯鶯燕燕。

不知道多少首歌過去，猛龍說想吐，便跌跌晃晃進了包廂裡的專屬廁所。

吐了半個馬桶加半個地板，還尿了一大泡又濃又臭的尿。

猛龍認真洗了把臉，清醒了不少，看著鏡中有點搖晃的自己。

方才他進廁所前，刻意推開了傳播妹的攙扶，有一個小小特殊的原因。

雖然說好了扮演興哥，但天一亮，剛剛那些鈔票絕對不會留給自己吧？

猛龍難掩笑意，伸手探進褲袋，拿出幾張剛剛故意沒撒乾淨的鈔票，想塞進內褲裡偷偷藏好，就算被發現也只是多一頓打，沒什麼了不起。

一共八張……八千也好！

猛龍拿起這八張鈔票狠狠聞了一下，真香！

但近距離這麼一聞，這鈔票的樣子好像有點不大對勁？

這八張鈔票上面，都蓋了一行紅色的字，好像是印章蓋的？

猛龍拿近，仔細端詳。

「冥、路、盤、川？」猛龍瞪大眼睛：「……操你媽冥紙？」

猛龍雖頭皮發麻，但更為不解。

不對吧？手上這八張千元大鈔，貨真價實都是新台幣一千元真鈔啊！摸起來，絕對是真鈔獨有的觸感，聞起來，也是台灣沒有人不熟悉的印刷墨水香，雷射防偽線閃閃發亮，指甲用力摳也摳不掉，全部都沒什麼問題。

怪了真的怪了，以前只聽過冥紙扮真鈔，沒聽過真鈔裝冥紙啊！

更怪的是，想要真正的冥紙的話，一百塊就可以買一大把啊！

到底為什麼要下重本繞大彎路，在真鈔上蓋這個不吉利的冥紙印字啊？蓋下去了還可以正常花掉嗎？拿去臺灣銀行換鈔，會被用毀損國幣的罪名提告嗎？直接拿去ＡＴＭ按機器存款的話，不至於被電腦排斥吧？

這群人真的有病。

但正面思考，也就是因為這些人有病，自己才有機會簽到一份莫名其妙的合約，把握一夜翻身的機會。

先把這八千藏好，等離開這裡，再想辦法把上面的惡作劇印字洗掉吧。

猛龍用冰水漱了漱口，揉著脖子，打開門回包廂。

哇靠，這什麼狀況？

整個總統包廂竟然人走光光？

空氣裡，只剩下嘔吐物的氣味跟瀰漫的酒氣，跟一首沒卡掉的歌。

喔不對。

那個被黑道兄弟抓起來倒吊大車輪的嘔吐妹還沒走，貌似醒了，正坐在沙發角落，獨自享用著那一大塊顯然沒人動過的生日蛋糕。

真是好胃口。

「還沒把人玩完就對了……」猛龍嘀咕，看著滿地滿沙發的遺棄鈔票。

既然那些神經病把真鈔搞成了假鈔，不要了，那自己也就不用客氣了吧？

猛龍快速撿拾滿地的鈔票，一把一把都塞進口袋裡。他多看了一眼正在吃蛋糕的嘔吐妹，暗忖是否要提醒這個有吃精緣分的女孩，這些沒人要撿的鈔票其實是可以花掉的真鈔，不妨也拿幾張時……

猛龍赫然發現，嘔吐妹正在吃的，不是蛋糕。是蠟燭。

8

嘔吐妹抬起頭，滿嘴的蠟燭。

……這到底？到底是有多醉才會吃蠟燭啊？

「嗝～～～～嗝～～～～～～嗝～～～～～～～～嗝～～～～～～～～～～～～～～」

嘔吐妹打了一個很長很長很長、彷彿等不到盡頭的乾嗝。

「喂？妳還好吧？」猛龍渾身起雞皮疙瘩：「要不要去洗個臉？然後地上這些……這些錢其實是真的，妳要的話我留幾張給妳撿？」

嘔吐妹慢慢地轉過頭來，看著正蹲在地上撿錢的猛龍。

她的眼神，極深，極為怨毒。

嘔吐妹似乎費了很大的力氣，才能打開嘴巴。

「憑、什、麼？」

每一個字，都不像是用嘴巴說的。

「……把、我、丟、下、去？」

那沙啞的聲音，根本是從嘔吐妹的喉嚨深處裡，被硬摳出來的。

「啊？」猛龍頭皮發麻，不知道怎麼應對。

看樣子不只是喝醉，還嗑藥嗑到昏了？

「啊啊啊啊啊啊啊啊啊啊啊！」嘔吐妹滿嘴都是碎蠟燭，抓起切蛋糕用的塑膠刀，以非常奇怪的姿勢朝猛龍衝過來：「殺了你！」

猛龍大驚，反射性舉手一擋。

「啪！」

塑膠刀削在猛龍的手臂上，痛！

嘔吐妹像猴子一樣跳高高，雙腳在半空中緊箍猛龍的腰，重力加速度一沉，就連當過特技演員的猛龍也幾乎給晃倒。

嘔吐妹手裡的塑膠刀，往猛龍身上又是一陣狂刺亂砍。

「等一下！等一下啦！」猛龍雖然感到荒謬，但更多的是恐懼！

塑膠刀砍沒幾下就斷掉，但即使是塑膠，斷口一樣非常鋒利，沒幾下就削傷了猛龍。在極近的距離下，嘔吐妹那雙充滿怨念的眼睛壓迫感十足，比猛龍這輩子所有看過的鬼片加起來都更恐怖！

哇靠！這女的絕對是中邪了！

「幹不要找我！」猛龍驚怒交加，抓住嘔吐妹的手腕，使出全力一折！

嘔吐妹手腕肯定是應聲而斷，取而代之的，是她張開的大嘴！

「丟！我！」嘔吐妹咬住猛龍的鼻子！

「靠！」下一秒就要失去鼻子時，猛龍奮力還以頭鎚！

頭鎚一！頭鎚二！頭鎚三！頭鎚四五六七八九十！

猛龍乾脆抱著死纏著自己的嘔吐妹，一個摔角絕招大車輪，將她重重撞向牆壁，這才將章魚一樣的嘔吐妹暴力撞開，再朝她的瘋臉補上一腳！

哪裡還敢撿錢！滿臉是血的猛龍衝出包廂時，摸了一下鼻子，還在！

走廊上，遠遠的，有個正端著彭大海與炒泡麵的服務生。

「裡面有瘋子！快報警！」猛龍大吼：「不是瘋子！是不乾淨！」

「不乾淨？」服務生一臉迷惑：「好的沒問題，我等一下請清潔人員……」

「不是那一種！是另外一種不乾淨！」猛龍喘氣地往回張望，中邪的嘔吐妹雖沒有繼續追上，但自己絕對是要逃了！

太邪了！絕不想再看到那種眼神！

「總統包廂！你自己小心！」猛龍拿起彭大海，直接灌了半壺。

「到底，是哪一種，不乾淨？」服務生看著猛龍。

「還有哪種不乾淨！」猛龍驚魂未定：「鬼上身啊！」

「原來是……鬼上身啊……」服務生皺眉：「鬼上身啊鬼上身啊……」

「對對對就是！她吃蠟燭！她吃蠟燭！真的是！我的鼻子差點被那個女的咬下來！她可能被我撞暈但錯的不是我！你們這裡是不是有問題啊！不可能只有我遇到吧！還有包廂裡本來有很多人突然跑光，不是我沒錢！是我本來就沒辦法付……」

眉頭深鎖的服務生，打了一個很長很長的嗝：「嗝……嗝……嗝……」

猛龍呆呆地看著眼神陰鬱的服務生。

不，不是陰鬱，這哪裡是陰鬱？服務生的眼神變得非常陰暗。

服務生慢慢打開嘴巴。

「我不是不還你，我是真正沒錢，嗝。」一個蒼涼的聲音，顫抖地爬出了服務生的喉管：「在我身上潑油點火，會不會……太過分？」

「操！又來！」猛龍大叫，用最快的速度衝向電梯。

「？」

站在原地一動也沒動過的服務生，對猛龍看到自己像看到鬼的表情，感到非常莫名其妙，突然跑走又是哪招？總統包廂早就付過錢啦！

服務生更不解，剛剛總統包廂有一大群人提早撤退時，還特意塞了兩千塊給他，交代任何服務生都不要進去，通常這種情況十有八九，都是客人在裡面打砲，或是在裡面拉K。

走到總統包廂外，服務生小心翼翼敲了敲門，這才打開往裡面一看。完整無缺的蛋糕，上面的蠟燭也好好的沒給吃掉。

一個年輕妹妹趴在沙發上呼呼大睡，還發出誇張的鼾聲。

倒是滿地的嘔吐物，與一望無際杯盤狼藉，的確是，相當的不乾淨。

9

電梯門打開。

猛龍正要衝進去時，裡面已經有三個上班族模樣的女人。

這間ＫＴＶ佔據了此棟商業大樓的第五、六、七、八樓，現在是七樓，照理說，這三個女人應該是從八樓搭往下的唱歌客人。

但剛剛連續遇到兩個被鬼附身的人，讓猛龍瞬間提高了警覺，大約有半秒，整個人僵在門口。

電梯裡的三個女人根本沒有看猛龍一眼，都在低頭滑手機。

「……」猛龍轉頭。

只見站在走廊中央的鬼附身服務生，依舊維持著打開嘴巴的樣子。

下一秒，服務生朝猛龍狂奔而來！

猛龍慌亂地踏進電梯，猛戳關門鍵，戳戳戳戳戳。

這三個女人還是在滑手機，沒什麼異樣。

猛龍無法放鬆，完全不知道「沒有異樣」可以維持多久是吧？

噔。

電梯門在六樓打開，一樣是KTV長廊，但沒有人。

猛龍猛戳關門鍵，戳戳戳戳戳，門卻無法關上。

只見剛剛那三個上班族女人不約而同往旁邊靠，還微微皺眉。

那感覺……好像就是……有人正從外面進來？

三個女人越靠越邊邊，臉色也越來越不悅，似乎進來的「人」還不少。

電梯就這麼小，「外面」卻還要一直擠擠擠擠進來，這三個下班後約來一起唱歌吃飯的上班族女人，都露出了嫌惡的表情，暗中交流了幾個白眼。

幹！但哪來的人？

撞鬼就是今天晚上的風格嗎！一定要這麼硬嗎！

猛龍想衝出電梯，卻有一種怎麼擠也擠不過去的感覺？

然後電梯門就關了。

往下往下往下……

猛龍全身緊繃，學靈異電影裡的提示……暫時屏住呼吸。

「……」三個上班族女人都發現這個男人怪怪的，有點警戒地退開一步。

登。

五樓，電梯再度打開。

猛龍吐了一口大氣。

電梯外的KTV走廊上，站了許多穿著系服外套的大學生，有男有女，他們興高采烈地亂聊哪個教授的點名方法很賤，當電梯門一開，他們只看了載了區區三女一男的電梯一眼，就繼續聊下去，完全沒有要進來的意思。

看在他們的眼中，電梯也是很擠嗎？

「不好意思……借過一下！」猛龍正想側身出去。

此時，那群站在門口的大學生之中，有一個高高的男生突然打了個嗝。

猛龍一怔。

這一遲疑，電梯門又關上。

猛龍打了個哆嗦。

電梯裡的小小空間，似乎在持續往下的幾秒內變得相當冷。

三個正低頭滑手機的上班族女人開始打嗝，打嗝，打嗝。

此起彼落，嗝聲越來越短，越來越快。

又來了嗎？

猛龍臉色發白，頭低低，完全不敢將頭抬起來。

刻意壓低的視線裡，渾身發抖的猛龍看見，那三個女人的腳慢慢轉了半圈，三個女人，似乎都已面向猛龍。

猛龍的頭壓得更低更低，念起了一向跟他不熟的佛號：「南無阿彌陀佛南無阿彌陀佛南無阿彌陀佛南無阿彌陀佛南無阿彌陀佛南無阿彌陀佛南無阿彌陀佛南無阿彌陀佛南無阿彌陀佛南無阿彌陀佛南無阿彌陀佛南無阿彌陀佛南無阿彌陀佛南無阿彌陀佛……」

「賣了我的腎、肝、肺還不夠，非要割掉我一雙眼睛……」男人沙啞的聲音：「逃？逃？逃？我當然要逃，我當然要逃，我當然要逃，我當然要逃……」

「為什麼把我賣去那種地方，我欠你的錢早就還光了吧……」女人哭泣的聲音，越來越尖銳：「為什麼、把我、賣去、那種地方……」

「我找不到我媽媽……你騙我我媽媽不在下面……我媽媽不在下面……」電梯裡竟出現了小孩的聲音：「你跟我說我媽媽在下面等我……是你跟我說我媽媽在下面等我……」

不管是人是鬼！到底在說什麼啊！

阿彌陀佛不夠力，那就換觀世音菩薩上！

「妳們是不是……認錯人了？」猛龍低著頭，緊瞇眼，死握拳頭：「南無大慈大悲救苦救難觀世音菩薩南無大慈大悲救苦救難觀世音菩薩南無大慈大悲救苦救難觀世音菩薩南無

大慈大悲救苦救難觀世音菩薩南無大慈大悲救苦救難觀世音菩薩南無大慈大悲救苦救難觀世音菩薩南無大慈大悲救苦救難觀世音菩薩南無大慈大悲救苦救難觀世音菩薩……」

這電梯一路往下，怎麼這麼久還沒到一樓啊！

只剩下一條線的視線裡，三個女人的腳一起靠了過來。

咯！咯！咯！

三張臉，同時下腰，從下面往上，看著頭低低的猛龍。

三個女人倒吊的眼睛，都射出了怨毒的寒光。

「為……什……麼……」

猛龍嚇得高高跳了起來。

用奇怪的彈跳姿勢撞上了正好打開的電梯門，摔了出去。

電梯裡。

三個深感被冒犯的上班族女人，看著這個明顯嗑藥了的男人彈了出去。

「……神經病。」

10

到底是！

猛龍連滾帶爬摔出了電梯，直奔ＫＴＶ大門。

門口兩個泊車小弟一見到猛龍，趕緊鞠躬。

「興哥！」高大的泊車小弟大聲招呼。

「您稍等一下！您的愛車馬上……」矮胖的泊車小弟彬彬有禮。

猛龍聽都不聽，像屁股著火的大猩猩直接衝到街上。

門口泊車的兩個小弟面面相覷。

「哇，興哥是被追殺嗎？」

「開什麼玩笑，沒人敢殺興哥吧？」

兩個泊車小弟聳聳肩，看著猛龍倉皇失措離去的背影。

11

狂奔！狂奔！狂奔！

猛龍不斷往後確認有沒有鬼追上來！

要跑到哪！幹是要跑到腿斷掉嗎！

報警？

據說中華民國的青天白日旗是依照太陽光輝的設計，有國運！有正氣！鬼一定不敢去警察局！

不對！還是該去廟！撞邪了找警察幹嘛！當然要去拜拜！

等等等等等等這裡是松江路！幸運！這附近剛剛好就是行天宮啦幹！

啊啊啊啊啊啊不是，行天宮半夜沒開啊！

赫然想起行天宮附近的地下道常常有一些算命攤，算命仙多多少少有一點法力吧！猛龍當機立斷，往地下道一鑽，果然看到還有一間算命攤還沒打烊！

趕緊就座，猛龍氣喘吁吁：「仙仔！緊急狀況！我是不是印堂發黑啊！」

算命嘛，客人越急，錢就來得越快。

本來就是做半夜生意的算命仙，表現得一派輕鬆：「面相一千，手相八百，現在特惠價兩組一起算一千六……」

猛龍趕緊挖出口袋裡的錢，猛地按在桌上：「兩千！都看！」

算命仙一看手相，大呼不妙：「先生啊，這已經不是印堂發不發黑的問題，你的人生的格局已經走到了一個關，老實說，不太妙，真的不太妙，棺材紋有沒有聽過？你這條本命線走到當下，在健康上左逢虎煞，右卡貪狼，來來來我再看得更仔細一些，是了……你會求得這麼著急，也真的有你的道理，先生，你最近是不是尿尿的時候特別有心無力？」

猛龍試著鎮定下來：「啊不是！尿尿我覺得沒問題，你幫我看看為什麼我會……我的眼睛怪怪的？今天晚上我一直看到一些……晚上不可以說的那個東西！」

算命仙點點頭，嚴肅地說：「上了年紀，眼睛老化雖然說是正常的，但你的腎經跟肺經也是，氣跟運都卡到了病氣關，但我只能給你基本的建議，我畢竟不是醫生。」

「啊？我才二十八歲！」猛龍狐疑，重點好像偏掉了。

「才二十八？真的才二十八？」算命仙看起來很詫異，但所謂的生意就是要在這種時候趁機加碼，便從桌子底下拿出一瓶水：「那先生，你的身體確實出了很大的問題。先生……你要不要先喝杯水？嗝！」

猛龍一怔。

這個表情就對了，算命仙一邊推銷，一邊打嗝：「嗝！我這瓶是佛法加持過的宇宙能量水……嗝！不貴，一瓶一百而已，不是一般礦泉水喔，它是……嗝！嗝！嗝！嗝！」

一股涼意從猛龍的腳底往上竄。

「嗝。」

「等一下等一下……你不要突然……」

就是這麼突然！

算命仙雙手用力抓著猛龍的手，齜牙咧嘴地說：「熱！我很熱！我很熱啊！劉！遠！興！你要不要自己試試看！要不要試試看！」

「啊啊啊啊啊啊啊啊跟我無關啊！」猛龍嚇到都流出了眼淚：「不是我不是！你真的認錯人了拍謝拍謝！我不是興哥！我沒有害你，我沒有害你……我發誓！我發誓啊啊啊！」

算命仙髒髒的手指甲都插進了猛龍的手腕裡：「我！很！熱！啊！」

猛龍雙腳一踢，桌子翻倒，但算命仙的手還是緊緊抓牢自己的手！

兩個人在地上糾纏亂滾。

「不是我不是我！等等我真的不是……我沒害你我沒害你！」猛龍又是頭錘又是腳踢：

「放開啊啊啊啊啊啊啊啊啊啊啊啊啊啊啊！」

不知道是哪一個攻擊奏效了，雙臂滿是抓傷的猛龍大吼大叫衝出了地下道。

一直喊熱的算命仙在後面鍥而不捨，一路追殺過來！

「五點前！五點前！五點前！你！一定要死！」算命仙尖叫。

那淒厲的尖叫聲都快爬到猛龍的背上。

「計程車！」

猛龍大叫，肉身擋下了一台小黃，火速把自己彈了進去。

12

司機看著後照鏡裡，驚慌失措縮成一團的猛龍。

半夜酒醉的客人載得多了，神智不清的客人也沒少過。

重點是，這些人下車時常常會說一句：「不用找了。」

不用找錢的客人，都是最好的客人。

「先生，請問要到哪裡？」瞥見猛龍的手傷，司機猜測：「去醫院嗎？」

幹！醫院鬼一定超多！

「都好！不不不不要去醫院！人多的地方都好！」

猛龍根本不知道自己要去哪，心臟撲通撲通跳得好厲害。

操你媽幹你娘！今天晚上怎麼一直見鬼啊！百分之百，是那張合約害的！那些施加在自己身上的古怪儀式也通通不對勁！都是陷阱！

「人多的地方？還是去台北火車站？」司機隨口建議。

「火車站好啊……啊！不！去龍山寺！」猛龍脫口而出。

「那麼晚了去龍山寺喔？」司機有點不解：「那邊現在人是很多啦但……」

「改去！改去霞海城隍廟……不不不！烘爐地！中和那個烘爐地更好！」猛龍想起了一間位於中和半山腰上的大廟，那裡越晚人越多，人氣旺，又有神明坐鎮，自己一定可以得到庇護。

「有一尊很大土地公那裡嗎？ＯＫ！」司機方向盤微轉。

縮在後座深呼吸，喘口氣，猛龍迅速把劇烈發抖的腦袋整理一下……

一定是在某個幹你娘的儀式環節裡，自己被解鎖了陰陽眼！

恐怖死了！不管是ＫＴＶ還是地下道，那些被鬼上身的人，都用怪腔怪調說著自己如何如何被害死的控訴，用屁眼想，也知道那些被害死的鬼是針對興哥而來。

自己按照合約扮演興哥，沒想到會有這些麻煩！

寧願！去玩一翻兩瞪眼的俄羅斯輪盤！

猛龍看了一下計程車前面的電子時鐘。

三點十三分。

距離講好的破曉五點，只剩兩個小時不到。

不！

是竟然還要熬快兩小時！

「嗝……」司機打了一個嗝。

猛龍一陣顫慄，看著正在開車的司機。

不會吧？這台車的後照鏡掛了好幾串佛珠跟平安符，難道是掛假的嗎？

「嗝……」司機好像有點抱歉：「嗝……不好意思，最近火氣大。」

猛龍稍稍鬆了一口氣：「沒，沒關係。」

呼，每個人都會打嗝啊，自己真是被嚇傻了！

「司機大哥，你車上有沒有……一些佛經音樂啊？」

「嗝……嗝……」司機不明就裡：「每台計程車都有，要放嗎？」

「要要要要要，麻煩你了。」猛龍雙手合掌：「我等一下多給你！」

佛經音樂開始循環播放，不知道是金剛經還是心經還是什麼經，總之有確定聽到阿彌陀佛這幾個字，令猛龍稍稍心安。

只是司機依舊打嗝打不停，濃濃的口臭瀰漫了整台車。

「司機大哥，我聽說不換氣連續喝七口水，打嗝就會停下來。」

「是喔，嗝……但車上剛好沒水，嗝……嗝……」

「沒關係，我也聽說只要吸一大口氣，然後憋氣十秒，再慢慢吐氣，重複幾次以後就不會打嗝了。喔不是聽說，我自己也試過啦。」

「是嗎？嗝！嗝！嗝……憋氣十秒就可以了嗎？嗝！」

司機深深吸一大口氣，用力憋住。

猛龍看著窗外，環河快速道路上單調的路燈風景。

呼……自己跟過的劇組也曾在中和烘爐地拍過片，神神怪怪那種，沒想到有一天自己真的要投靠過去。幸好劇組當時很注重環境清潔，垃圾都有分類，要拍稍微靈異一點的鏡頭前都會先擲筊問神，希望那尊土地公還記得這一切，保佑自己到天亮。

引擎聲粗重了起來，車窗外的路燈也一下子飛快不少。

等等，循環播放的佛經音樂什麼時候……

「南無阿彌陀……吱吱唧唧…南無阿彌陀……吱吱唧唧…南無阿彌陀……吱吱唧唧…南無阿彌陀……吱吱唧唧…南無阿彌陀……吱吱唧唧…南無阿彌陀……吱吱唧唧…南無阿彌陀……吱吱唧唧…南無阿彌陀……吱吱唧唧…南無阿彌陀……吱吱唧唧…南無阿彌陀……吱吱唧唧…南無阿彌陀……吱吱唧唧……」

寒意噴發，猛龍往前座瞪了一眼。

「……」司機確實沒有再打嗝了。

司機臉色發青，從剛剛開始竟然一口氣都沒換，眼睛充血。

「司機大哥！可以呼吸了司機大哥！呼吸！」猛龍大叫。

完全憋住呼吸的司機連嘴唇都發紫了，將油門一踏到底。

他充血的雙眼，射出了無法形容的怨恨！

「打斷我的腳，還騙走我的房子，我只剩那間房子！」司機暴吼。

還來！

怎麼還來啊！

「認錯人啦！司機大哥！你認錯人啦！」猛龍慘然大叫：「我真的不知道你在說什麼，我沒有害你。不是不是！我哪可能霸佔你的房子？我連自己住的地方都搞不定了怎麼有本事去弄你，沒有沒有，你認錯了你要不要看仔細一點！不！不！不要瞪我！看前面！看前面！看前面啊！」

「我、只、剩、那、間、房、子！」司機全力加速，衝！衝！衝！

「放我下車！下車！」猛龍嚇尿：「馬上幹幹幹幹幹下車我要下車！」

「我放你下車……」司機怒吼：「你！有！放！過！我！嗎！」

失控的計程車撞上了護欄，飛滾出了環河快速道路高架橋，直直落下。

轟隆哐哐哐咚隆轟轟轟轟隆！

13

夜風野大的馬路邊，一台警車停在計程車旁邊。

意識渙散的猛龍坐在路邊，眼神空洞，好像受到過度驚嚇。

司機站在完好無缺的計程車邊，一臉倒楣地抽著菸。

「警察先生，我真的不知道他在發什麼瘋，我車一上環河，他就一直鬼吼鬼叫，我超怕他搶我的車，還是突然給我跳車，我他媽的這才緊急停在路邊報警。」計程車司機忍不住一直抱怨：「你們可以搜他的身嗎？如果有錢的話，我想拿一點車錢回來。」

「有沒有喝酒啊？」小女警目光掃視了一下司機。

「這關我什麼事啊！我就真的純粹是載到瘋子！也不說要去哪，光說要去人多的地方，還問我有沒有佛經可以放……最後還一直盧我閉氣治打嗝！盧超久！超煩！到底關他屁事！」司機手裡的菸肯定相當苦澀，忽然他想到了什麼：「靠！他是不是殺了人啊！作賊心虛才那麼多古裡古怪！你們……」

「從頭到尾就他一個人上車？」資深老男警用手電筒照了一下後座。

「他口袋裡是不是有錢？總不能讓我連油錢都賠吧？」司機忿忿不平。

小女警看了老男警一眼：「學長，線上比對出來了，他是前科列管人口。」

「這樣啊……按規定必須到局裡進一步調查，我們會查清楚他上車前的行跡，看看有沒有可疑的犯罪活動。如果他身上有錢，也可能是犯罪所得，或是有指紋，都必須列為證據。」老男警語氣沒有一點抑揚頓挫，標準的官方口吻：「麻煩你跟我們去一趟局裡。」

「我去警局？我去警局幹嘛？」司機表情非常難看。

「就跟我們一起看行車記錄器，共同核對事件發生的經過。」老男警打開計程車行李箱，用手電筒隨意照了照：「截圖跟聽打，前前後後至少需要兩個小時吧。」

「學長，是三個小時。」一旁的小女警出言糾正。

「三個小時！我一毛錢也沒賺到！還要為了這瘋子耗到天亮！」司機滿臉不情願：「喂喂喂警察先生！事情不是這樣處理的吧！是不要叫我三個小時不用睡覺！生意也不用做了是嗎！」

小女警看了老男警一眼，無奈地聳聳肩。

「唉。」老男警嘆了一口氣，像是法外施恩一樣：「還是你簽個名，把行車記錄器交給我們回去自己勘驗，到時候再跟你聯繫。」

「……那就麻煩了，真是不好意思。」司機的臉上這才有了笑容。

兩個警察將渾渾噩噩的猛龍帶上了警車後座。

14

緩緩行駛的警車。

負責開車資深男警，一直觀察著後照鏡裡目光呆滯的猛龍。

副駕的小女警這陣子顯然學了不少，默不作聲地將剛剛那份簽名撕掉。

打開一半車窗，任憑碎紙被風吹去。

「興哥，你這算不算虎落平陽啊？」老男警試著用幽默的口吻開場。

「我不是興哥……」猛龍喃喃自語，似乎一時之間還無法完全回過神：「我不是興哥……我的本名叫李國禎，大家都叫我猛龍，我不是興哥，我不是……」

平時呼風喚雨的黑道老大，此時這失魂落魄的樣子，令小女警有點想笑。

「沒事了興哥，大家平常都受你照顧，你就好好休息一下吧。」老男警繼續打哈哈：「要不要我們載你去哪？還是想去我們局裡泡個茶？我們局長好像很久都沒跟你打麻將了對吧哈哈！」

久久，猛龍都沒有回話。

似乎猛龍有一大部分的意識，還困在「不斷翻滾的計程車」上，眼神痴呆。

混沌的意識裡，今晚發生的一切慢慢在猛龍的腦海裡攪和起來。

限定血型B，必須生肖狗，拿香拍打全身關節，香燙脊椎，拿碗在嘴邊撈氣再砸碎，麻將尺拍打腳底，扔壞關公神像，內容離譜的擔保合約，注射冷凍血漿，炭畫抹臉，穿整套不合身的衣鞋，滿街妓女在窄巷拍肩叫名，鞭炮亂炸，被吞精，扮成冥紙的真鈔，生日蛋糕……

這一切古里古怪加起來，讓自己今晚一直活見鬼……

但見鬼歸見鬼，剛剛的計程車，其實沒有翻滾衝下高架橋嗎？

計程車司機也沒有真的被附身，一切都是自己的幻覺嗎？

這麼說起來，在KTV遇到的，電梯裡的，地下道的，都是自己的幻覺？

不不不不不也不全然是幻覺吧？

如果完全是幻覺，自己的鼻子怎麼會真的受傷，手臂也都是滿滿的抓痕？

到底什麼是幻覺，什麼又是真的？

總之，就是撞邪！今晚就是跑給鬼抓！

操你媽這是擔保合約裡面所規定的，代替興哥六個鐘頭的代價吧。

猛龍望向警車儀表板上的電子時鐘，四點零三分。

只剩五十七分鐘。

沒有意外的話，這將是最凶險的最後一個鐘頭。

「怪了，阿天那邊都不接電話。」小女警皺眉看著手機：「Line也不回。」

「那就打給油頭仔啊？」老男警隨口。

「就是油頭仔沒回我我才打給阿天啊，老鄧跟小魚也一樣已讀不回，所以現在是怎樣？」小女警小心翼翼地看著後座的猛龍：「興哥？你們是不是……出事啦？」

「呸呸呸呸！興哥哪可能出事？我們專車送興哥回海產店就是了。」開車的警察提高音量，打哈哈：「走吧！讓興哥欠我們一道，有好無壞啦！」

警車就要駛上了快速道路前一刻，猛龍突然坐直了身。

「我看起來就是興哥對吧！」猛龍用力拍打自己的臉。

「……是啊興哥。」男警暗暗感到好笑。

猛龍開始脫掉鞋子，拉下褲子拉鍊。

「拜託先別打嗝！用最快的速度送我去中影，士林至善路的那個中影！」

15

海產店深處。

竹簾後方，有一間不大不小的特殊包廂。

原本裡面是相當有氣氛的無菜單料理招待室，冰冷厚重的石材，牆上擺滿了各種品牌的清酒酒瓶，還特意打光展示。

此時，卻掛滿了大大小小的鳥籠。

數十個鳥籠全部都蓋上了遮光黑布，禽鳥的體味與糞便的臭氣瀰漫其間，關在裡面的鳥咿咿啞啞地亂叫，籠與籠之間相互碰撞，停不下的焦躁。

一個臉上有一綹精心修剪小鬍子的五十五歲男子，穿著花花綠綠的熱帶短袖襯衫，頭上戴了厚實的編織毛帽。

他的左腳，套了一隻長長的大紅色聖誕襪，右腳卻穿了一隻黃色短襪。

男人穿了不對稱襪子的雙腳，卻泡在一只蓄滿溫水的塑膠臉盆裡。

溫水上，還鋪上滿滿一層新鮮花瓣。

穿著一身毫不協調的奇裝異服，埋身在臭氣難當的擁擠鳥籠陣裡的，就是擁有這間海產店的黑道老大，興哥。

原本用來料理新鮮漁獲的原木砧板上，放了好幾本不同語文的小說，以及一份及時簽好的擔保合約。

興哥推了推鼻樑上的老花眼鏡，讀著手上的日文小說。

他當然看不懂日文，卻還是裝模作樣，慢慢地翻頁，視線在日文小說的字裡行間假意爬行，心中卻充滿雜念，頗為不安。

呼吸沉重。

幹黑社會，沒有不做虧心事。

尤其幹到黑社會的最頂層，怎可能不堆屍如山？

因果循環，業力引爆，那是理所當然，小孩子都知道只是時間問題。

但每一件事，只要弄清楚代價，提供了足夠的條件，就能討價還價。

這世界上的每一份合約，都是在討價還價。

甲方，乙方，跟擔保人，便足以令所有的合約得到應許。

包含了因果。

把因果業力打包進合約，本來就很危險。

但直接承受因果業力難道就不危險？

打從擬訂合約的第一年起，興哥就知道沒有一年的合約會一帆風順。

每一年都有每一年的意外，次次都非常僥倖。

但。

但今年的狀況也未免太棘手。

原本找好了兩個男人，妥妥的，都是血型B加生肖狗，而且還都是同樣五十九年次的五十五歲同年，又是詐騙，又是誘賭，花了很多心思讓他們欠下了餘生註定無法清償的債務。

為了保險起見，底下的小弟分別找了兩間高檔酒店，讓這兩個男人在裡面爽過七天，吃最好的，操最貴的，還找了飯店管家貼身照料一切需求。

沒想到這老天，一年比一年更精明。

就在今晚稍早，這兩個精挑細選的男人，一個在吃帝王蟹時心肌梗塞，一個在趕來的路上出了車禍昏迷……怎辦？難道真的讓業力在自己身上引爆嗎？

只能把需求廣傳出去，緊急找了一個八十三年次的年輕男人勉強替上，原本擬好的合約也只能作廢，請擔保人火速重擬。

八十三年次啊……跟自己差了整整兩輪，不知道能不能跟以前一樣混過去。

明年必須大幅改進，一口氣找出五個老狗男，除了事先體檢，飲食控制，專車接送時還要前後各兩台車護航，不能再這麼大意了。

興哥看著手錶，四點二十七分。

16

日夜交替之時，天色最是混濁。

警車亮燈急駛的一路上，猛龍將身上的衣服鞋子甚至內褲，通通都脫掉，打開車窗直接就扔出去，兩個警察雖然尷尬但也不敢多問。

當猛龍一看到路邊有間郵局，它的自動轉帳機前階梯上，有個流浪漢躺在紙板睡覺，猛龍連忙叫警察暫停一下，自己下車飛奔，叫醒一臉迷茫的流浪漢，將剛剛從KTV搜刮來的鈔票都塞在他的手裡。

「錢都給你！都給你！馬上把衣服褲子鞋子都脫下來賣我！快！」猛龍急切大叫：「內褲也要！快快快快快！」

在車上目睹了這荒唐的一幕，副座的小女警都看傻了。

「我聽過其他同事說過，以前興哥是不是也有一次這樣……突然瘋掉啊？」

「什麼一次？光我自己聽過就三次啦！去年好像也是差不多這個時候吧，絕對是嗑過頭啦，興哥突然衝到基隆那邊的分局大吵大鬧，還衝進庫房搶了一把槍，真的超瘋，分局那些可憐蟲只好硬著頭皮追上去，一直追到四腳亭那邊，還把興哥追丟。最後……」

「是不是四腳亭那邊有個橋墩下的小廟，那個那個……」

「嘿，妳也有自己的小道消息嘛。那附近有早起運動的民眾聽到好幾聲槍響，跑去一看，那好像是一間萬應公的廟，有一個大概五十幾歲的男人躺在神桌上，手裡拿著那把被興哥搶走的警槍，腦袋整個都被打花了，豆花噴得到處都是。」老男警用手指戳著自己的腦袋太陽穴：「拜託，子彈都打光了，每一顆都射這裡耶，想也知道是抓狂的興哥幹的。」

「不可能是自殺嗎？」

「幹虧妳還是警察，自殺有辦法開第二槍嗎？」

「對耶。」小女警瞬間臉紅紅：「那怎辦，是警槍耶。」

「就因為是警槍才不可能怎麼辦。幸好警槍上面只有那個倒楣鬼的指紋，沒有興哥的，就隨便用一個幫派尋仇的名義，把事情亂七八糟壓下去啊。」

去年是這樣。

前年也有一件跟興哥有關的怪案。

天快亮的時候，有很多人看到興哥跑到中永和四號公園，邊跑邊亂叫，跑一跑最後跑進公廁，就不見了。

後來有兩個晨跑的民眾發現，有一個男人跪在公廁馬桶邊，臉浸泡在馬桶裡，溺死了。警察都懷疑，是暴走的興哥把死者的臉壓進馬桶裡，只是在死者的脖子上沒驗到興哥的指紋。

沒驗到興哥的指紋，警察反而鬆了一口氣，不用跟興哥作對，直接朝自殺偵辦就得了。反正牽涉到興哥的案件，永遠都是缺乏證據，不了了之。

興哥名聲在外，有辦法，好商量。卻也是出了名的恐怖，無情，殘酷。

與其說黑白兩道都有人關照興哥，不如說，不管是黑是白，只要找得上興哥，再棘手的事他都可以處理，代價公道，童叟無欺。

所有人都很樂意賣興哥面子，交換在某個艱難的時刻，向興哥討回一筆債。

此時，猛龍穿上酸味十足的舊衣舊鞋，大步衝回警車。

「快快快！中影！」

副座的女警忍不住戴上口罩，男警則表情艱難地打了D檔。

夜色漸褪。

當警車慢慢停在中影影城門口的便利商店前，控管閘門的警衛似乎睡著了。

在中影，拍片不分晝夜，不管是電影、劇集、MV還是廣告，二十四小時都有工作人員進進出出，管制自然十分鬆散，大門橫列了一道長長的鋼鐵柵門，除了開車必須由警衛打開門口，任何人都可以在閘門旁的空隙自由進出。

破曉前的夜風特別寒冷。

「現在幾點？」猛龍怎麼用力塞，也無法把自己的大腳塞進這鞋子。

「四點三十三……三十四分。」資深男警轉過頭，好奇問道：「興哥，要開車進去嗎？需不需要幫你打電話給誰，到這裡會合？還是……嗝！」

猛龍嚇得大叫，打開車門撲了出去，頭也不回地衝進大門旁的空隙。

「興哥是看到鬼喔？現在怎辦？」小女警大傻眼。

「什麼怎麼辦……閃了啦！」老男警也搞不清楚這是啥狀況，倒轉方向盤：「順手賣人情事給興哥是很好，但萬一捲進他們幫派內鬥就不妙了。」

「那行車記錄器怎辦？」小女警也跟著緊張起來。

「丟到海裡不會！」老男警白了一眼。

丟下了落難的「黑道老大」，警車加速離去。

17

年代久遠的中影文化城，除了設置好幾個巨大的攝影棚，還有一個曾經遊客絡繹不絕、現在卻因年久失修、不再對外開放的破舊古城。

有人言之鑿鑿，影城很陰。

其實自古以來，人與「無形」之間的溝通，經常是以戲曲作為媒介，不管是歌仔戲、布袋戲、皮影戲等等，所有「演戲」的地方都有很多無形。

神明生日，要請戲班子唱大戲酬神。普渡拜拜，也得上戲謝鬼。礦災，路禍，溪溺，樹吊等極哀巨凶，需以傀儡戲跳鍾馗呼魂。開廟門，謝土，開台，送孤，壓火災，開莊，也需傀儡戲跳鍾馗驅邪鎮煞。

電影劇組每到一個新的場景拍攝，都會心存敬意，捻香拜四方，畢竟拍電影，就是即時演出活生生的戲曲，有很多「在地的無形」一感到好奇，便會就近觀看。

如果電影拍得精采，拍戲現場聚過來觀賞的無形，自然也會多。

拍得不好，就連鬼都不會想看。

所以常聽說，若畫面拍到無法解釋的人影穿幫，就是電影即將大賣的徵兆。

而電影的各個部門都有自己的禁忌，與「危險」最常相處的莫過於「動作設計」，俗稱武行，禁忌更是繁多。

「明星替身」是武行裡最危險的職位，要在很多危險的地方、致命的高度、做出很多令人膽顫心驚的動作。受傷是家常便飯，也偶有聽聞安全防護做得不夠精確，或是心存僥倖，令特技人員不幸一命嗚呼。

猛龍曾經是其中的佼佼者。

他懂摔，懂打，懂跳，懂避，懂裝痛，懂裝不痛，懂齒輪，懂繩索，懂彈簧，懂鋼絲……但顯然完全不懂自己現在的處境！

人有長運！被尺量短！

精走脊柱！神寄關節！節節被香火驚亂！

丹田一口氣，遭破碗碎裂遺棄！

腳踏實地，走的是運！運！直接被麻將尺打折！

行血！令他人精氣散入全身百骸！

面相！被他人炭畫遮掩蒙蔽！

摔神！活該今晚無神庇蔭！

錯裝！臭味相投以假亂真！

肩有三把火，被滿街娼妓拍滅！
無尾巷，喚你名，應了三魂走一！
無火燈，鞭炮響，魂驚飛其二！
囫圇吞精！元神難守！
紙錢買路！買誰的路！
最可怕是以千刀萬剮為賭！立約起誓！
須知！無數冤鬼以因果報應之律，從城隍手中拿取黑令旗！復仇！
向！極惡之人！復仇！
惡貫滿盈之人，大喜亦是巨悲，年年生辰，都是冤鬼報仇之刻！
閒雜無關生人卻在此時！與惡人約定移形換魂一晚！
欺神！騙鬼！
替逃！
——也是替死！

但命運，不會給予一個人無法派上用場的經歷！
經歷！經歷就是猛龍創造命運的武器！

猛龍赤足狂奔。

凌晨的中影依舊充斥著不同的劇組，每一個攝影棚不是正在收工，就是正準備開工，人來人往，在猛龍的迷途感知裡，這些工作人員全都瞪大了眼，對著四周打嗝！

嗝嗝

猛龍一邊狂奔一邊嚇尿，足底如飛。

操你媽，幾十雙恐怖的眼睛，怪聲怪調的打嗝聲……

這就是我人生最後的風景嗎？

早知道自己不是什麼好人。

但有壞到，需要承受這種資訊量爆炸的報應嗎！

「劉遠興！還我的眼睛！」「腎！把我的腎拿來！」「我好痛啊我真的好痛啊你一定要跟我一樣痛啊！」「我在哪裡！你把我埋在哪裡！說！說啊！」「推我女兒去做雞！殘酷！變態！」「想知道肛門可以塞幾顆子彈嗎劉遠興？我知道了！現在換你體驗哈哈哈哈！」「不就是錢嗎！到底要把我折磨成什麼樣！」「劉遠興！這不是我們說好的！這不是！」「我要你死！我要你死一百次！」「劉遠興！不要想死得很快！我要慢慢挖出你的眼嘻嘻哈哈！」「騙我！我要拔掉你的舌頭！」「憑什麼把我放在那裡等死！憑什麼！」「操你媽我找不到我的頭！我的頭！」「就是今天！要你死無葬身之地！」「好燙啊！好燙啊啊啊啊啊啊啊啊啊！」「都是你！當初我是怎樣求你！我給你下跪！你整間店給我砸掉！給我砸掉！」「我的腳！一點尊嚴都不留給我！我幹你娘！」

一路上所有劇組工作人員的形體，猛龍認識的或不認識的，都是厲鬼在人間移魂的肉徑，祂們瘋狂尋找興哥的氣息，張牙舞爪地向「興哥」復仇！

要不是穿著流浪漢的衣褲，這些猛鬼早就衝進猛龍的身體！

「幻覺！幻覺幻覺幻覺通通都是幻覺！沒有人在打嗝！沒有人在瞪我！」

猛龍赤腳衝進昨天下午才去過的，中影最巨大的攝影C棚。

果然！打戲一向要拍超久！今天下午偷看到的打戲還沒拍完！

燈光、軌道、綠幕等等各種器材都在，道具通通都沒收乾淨！

猛龍集中精神。

自己在最後能倚靠的，全是在片場經歷的一切。

「那麼想我死！來啊！有冤報冤有仇報仇！我劉遠興不怕！」

抓起一條繩子，不顧安全規範，猛龍直接爬上高聳的貓道。

厲鬼的怨念在片場裡嘶吼，眼看就要找到「興哥」！鑽入「興哥」！

鬼氣瀰漫，怨念沸騰！

猛龍爬高高，前搖後晃，左綁右繫，貓道上能用的都來一點吧！

「了解！明白！完全懂！」

十幾公尺高的棚頂，猛龍將繩子套在脖子上，打了個死結。

正在攝影棚底下排隊拿早餐，等開工的劇組超過五十多個人，導演組，攝影組，器材組，製片組，美術組，特效組，特化組，側拍組，檔案組，全都仰起了脖子，呆呆看著這突兀的一幕。

「我死！總可以了吧！」

猛龍縱身往下一跳。

啪嗒！

繩索收緊！

猛龍在半空中踢腳，掙扎抽搐，漸漸垂下了頸子，一動也不動了。

18

泡腳臉盆上的花瓣，已枯萎全黑。

滿屋子的黑布鳥籠，全都一動也不動。

籠裡的鳥全死了。

狗擋災，鳥避邪，卻都是血肉折煞之軀。

打開瓦斯爐，燒掉了那張無足輕重的借據。

闔上看不懂的異國小說，倒掉滿臉盆的髒水，將死黑的花瓣扔到廚餘桶。

興哥脫下一身古怪至極的穿搭，渾身赤裸，拿起平常用來宰魚的生魚片刀，在自己身上來回輕刮，以煞犯煞，將一身煞氣慢慢削掉。

修剪好人中上的鬍子，梳理了頭髮，興哥穿上新衣新鞋，打好新領帶。

過了惴惴不安的一晚，他很滿意這有驚無險的發現。

原來只要血型對了，生肖對了，即使差了兩輪也無所謂，照樣可以充當自己一年一次被業障追殺的替罪，這可是重大發現。

明年再說了吧。

興哥打開海產店的鐵門，天色已青。

幾十個小弟在店門口站了兩列，井然有序，彎腰鞠躬。

一長串紅色鞭炮燃放，劈里啪啦！劈里啪啦！

「興哥！生日快樂！」

19

「你突然衝進來上吊是怎樣？塞你娘不就是錢嗎！」

「通知門口警衛了！幹你娘一大早就穢氣！」

「不要跑！警察馬上就來，幹最看不起這種無賴了！」

「上吊上得那麼假，沒看過像你這麼厚臉皮的！」

「打下去了啦！客氣什麼！」

猛龍緩緩睜開顫抖的眼皮，全身都還是僵硬緊繃的。

一聽到圍繞在身邊的都是幹你娘跟塞你娘，而不是嗝，他才吐了一口長氣。

一滴眼淚無預警滑出，劫後餘生的猛龍瞬間淚流不止，嚎啕大哭。

騙過了……用上了拍電影以假亂真的所有技術！

真的連鬼也騙過了……

這就是傳說中的！置之死地而後生啊！

「謝謝謝謝！謝謝阿彌陀佛！謝謝觀世音菩薩！謝謝耶穌基督啊謝謝謝謝！關公我一定會好好跟您道歉！對不起！對不起關公！謝謝謝謝全世界！」

猛龍這一掏心掏肺地大哭，又是感激，又是道歉，哭得像娃娃，讓原本擠在一起要圍毆他的全劇組人員，只好快快罷手。

最資深的彪哥嘆了一口氣，蹲下。

「早餐剩一個飯糰加一個蛋餅，有沒有胃口？」彪哥一手飯糰，一手蛋餅。

猛龍無法止住淚水，只能感激地點頭。

「剛剛你一衝進來就直上貓道，穿鋼絲衣，掛勾，綁繩，一氣呵成，我做武行三十年，從沒看過有人啪啪啪啪這麼俐落。」彪哥將溫溫的飯糰放在猛龍的手上：「尤其最後那一跳，嘖嘖……你是不要命了？還是想應徵下星期的替身？」

「下……下星期？」猛龍怔住。

「下星期三，小連導演那組有一場拉背拍的九十秒一鏡到底，全程在天台上簡單防護跑酷，最後一卡，爬上二十七公尺高台直接跳樓下網。」彪哥笑笑：「敢賺這筆錢，你今天就不算白跳。」

「敢！敢敢敢敢敢！」猛龍感激涕零，大口咬下飯糰。

「記住啊，下禮拜三……嗝！」

「啊？」猛龍的臉都麻了。

「嗝。」彪哥的眼睛眨了眨。

猛龍倒抽一口涼氣，遍體生寒。

四周暗了下來。

彪哥不斷打嗝的臉，漸漸隱沒在詭異的漆黑裡。

「不是……不是啊不是，我真的不是興哥啊……我猛龍！我猛龍啊！幾點了！現在幾點！」猛龍慌亂不已，在一片黑暗中東張西望：「超過五點了吧！合約明明就到期了！到期了啊！」

怎麼可能！

整個晚上東奔西跑，怎麼可能又回到這裡！

滿地的鞭炮屑屑，這裡是那條掛滿了紅色燈籠的無尾巷！

自己怎麼會回到這裡？不可能！物理上不可能！

一定是鬼遮眼！是幻覺！

幽冥無人。

只聽到熟悉的亡友聲音，從自己的喉管裡慢慢爬梭而出。

「嗝……興哥是逼死我。」

猛龍詫異地聽著，從自己嘴巴裡爬出來的字字句句。

「但……我找的是你啊猛龍……嗝嗝……當初你是怎麼哭求我跟興哥借錢！為什麼手

機不接，訊息不讀，人跑不見……嗝……嗝嗝你知道最後我死得有多慘嗎！你知道！最後！我！死在！哪裡！嗎！」

「大球！大球！」猛龍崩潰慘叫：「我錯了我錯了！大球對不起！我才要重新開始！我剛要好好做人……嗚……嘔嘔嘔嘔嘔嘔……」

經歷給了你機會。

但你的做人沒有。

五十幾個劇組人員，就這麼呆呆地看著猛龍雙手掐起自己的脖子。

掐！掐！掐！指甲狠狠插進了喉管！雙眼一下子就充血！

大夥嫌惡相視。

真他媽的，剛剛還一臉痛改前非，這戲精不曉得又在演哪齣？

直到猛龍臉色發青，黏乎乎的鼻血像擠番茄醬一樣被咕嚕咕嚕擠了出來，幾個工作人員眼看不妙，這才衝了上去救助。

但大家不管怎麼拔，也拔不開猛龍箝住脖子的雙手。

即使彪哥將鐵棒插進他手臂肘曲的空隙施以槓桿，也無法撼動分毫。

猛龍的臉，終於全黑。

擔保人

我誰也不說
死都不會講

1

雜亂無章的山區工寮。

角落裡蚊香的微光，蚊蟲的聲音若隱若現。

一個少女雙腳綁著繩索，吃著從一開始就只是泡冷水變軟的泡麵。

少女的左眼黯淡，眼窩附近嚴重瘀血腫脹，鼻骨歪斜。

左腳阿基里斯腱上，有一道被利刃切開的、怵目驚心的傷口。

蒼蠅在傷口飛舞。

少年A正在空地遠處講手機，來回踱步。

遠遠的，少女聽見少年A的口氣極不耐煩。

「就跟你說我今天住同學家啊，跟你說是誰你是認識喔？會啊廢話我當然會去上課啊！我不去上課你不就要接到學校電話，我是有那麼白痴？你生了一個白痴嗎？好好好好……我要去洗澡了，都男生啦廢話！好啦你也早點睡。」

少年A掛掉手機，氣呼呼地走過來。

少女用很低很低的聲音：「……我想我媽媽。」

少年A蹲在地上，繼續玩他的貪食蛇：「……」

這十個可怕的晚上下來，少女把發生在自己身上的事，從絕對負面的絕望無念觸底反彈，用各種超級正面的角度，給想得很透徹了。

少女細聲說：「雖然發生了很多事，但是每個人都會遇到不好的事。」

少年A似乎玩得很認真：「妳知道就好。」

少女將在心中演練很久的話，慢慢地，用最溫和的語氣說出來。

「不管最後活多久，每個人一輩子都會遇到很多好事，跟壞事，很壞很壞的事。聽說……那個比例都是固定的。我遇到不好的事，以後就會遇到比較多好的事了。」

少年A皺眉：「跟我講這些也沒用，不是我一個人決定的。」

少女頭垂得很低很低：「他們都聽你的。」

少年A一時沒有接話。

少女趕緊說下去：「我不會說出去，就算是我媽媽，我也不會講。」

少年A略顯不耐煩：「這不是講不講的問題。」

少女連嘴唇都在發抖：「我媽媽每天都在站工廠，一天要站十二小時，除了站工廠，就是在家裡看電視。我媽媽不是什麼偉大的媽媽，但我媽媽，只有我，我一定要活下去……求求你，放我走，我一定要回到我媽媽旁邊，雖然我不想再看到你們，但如果你們以後還是想對我怎樣，我也不會逃走，都好，真的，不然我讓你們拍照，你們去買相機好不好？我很想我媽，她一定到處拜拜，你們偷偷去看她就知道了，我們這種人，根本不可能對你們怎樣……」

少女費盡很大力氣提醒自己，才能壓抑她越來越激動的語氣。

少年A：「……」

又是深夜又是深山，機車排氣管的聲音特別明顯。

一陣窸窸窣窣，少年B與少年C從門外氣喘吁吁走進來時，兩人手上提著鼓鼓的小北百貨塑膠袋，將裡頭的東西一股腦倒在地上。

掃墓手套，老虎鉗，鋸子，鐵鎚，桶子，鏟子，塑膠袋，金紙，甚至還有兩罐裝滿大號寶特瓶的汽油。

大半夜專程下山買這些東西，還能做什麼？

少女全身發抖，不敢再看一眼。

少年B拿著一包巧克力的義美泡芙，丟給少女。

少年B嬉皮笑臉：「拍謝，妳說的草莓的沒看到，巧克力加減吃。」

少女看都沒看一眼。

這不是草莓或巧克力的問題。

少年C將一個嶄新的捕蚊燈打開：「這是裝電池的，我想的很周到吧。」

少年A瞪大眼睛：「你還買這個幹嘛？是打算在這裡弄多久？」

少年C一向覺得自己面面俱到，在這種時候尤其需要自己的大局觀：「拜託這裡蚊子超多癢死了，晚點蒼蠅一定更多。」

少年C又拿出了很多蒼蠅黏紙，隨意打開扔在地上。

少年A：「哇，你分屍專家啊？」

少年C有點得意：「稍微想一下就知道了好嗎。」

三人在地上打開幾個巨大的塑膠袋，用膠帶黏在一起，鋪在地上變成一個預備處理屍體的簡陋藝術。

少女只能無助地看著這一切。

三個少年戴起口罩，套好手套，穿上雨衣，拿磚頭壓住塑膠袋邊緣。

少年A摸摸脖子上，那一個昨天緊急找師傅刺好的八卦。

那個刺青師傅說，他用的那把刺針平常是供在佛桌上的，燒的是老山檀香，拜的是千手觀音，這樣刺出來的圖案都有神明保佑。雖然少年A的錢只夠刺一個小小的八卦，但有比沒好。

少年B的脖子上，掛了十幾串從不同宮廟求來的平安符。

少年C的手腕戴了三串大小不一的佛珠。

是了，三人都做好了準備。

今天晚上，就是結束一切的夜晚。

少年A很嚴肅：「牙齒一定要拔光，電視都有講……不然很容易知道是誰。」

少年B怪表情：「死了再拔啊，不然她一直叫叫叫不就恐怖死了。」

少年C不知道是不是故意說反話：「照你這樣講，整個嘴巴最好都敲爛……還有手指啊，手指也要剪光，直接燒掉。」

少年B一臉驚恐：「哇哇哇……你們真的很變態，靠我晚上一定會作惡夢！」

少年A怒瞪：「你不要在那邊給我演好人喔，你第一個弄她的！」

少年B吐舌頭：「早知道就不弄了，麻煩死了，我也只是隨便講講，誰知道你們這麼認真……」

突然，少年C像是發現了什麼難以接受的事。

少年C蹲了下來，檢視這鋪天蓋地的塑膠袋陣形：「現場實際感受，跟電影上面的有差。雖然有用磚頭壓住，但血流來流去，最後一定會流出邊邊吧？塑膠袋交接的地方也有縫隙，只要有流出一點點，保密的效果就差很多。」

少年B抓抓頭：「是喔，那今天就先不要殺了？」

少年A瞪眼：「今天又不殺，大家是不是都不用回家了？我什麼理由都用完了，你們是孤兒嗎？就說每拖一天，被發現的危險就加倍！今天一定要動手！」

少年B咕噥：「就說是你堅持要殺的還不承認。」

少年A真的火大了：「要不是你們搞了她！我們就只是拍裸照交換而已！我只是把事實說出來！你不要太過分！」

少年C沒有理會兩人重複性太高的吵架，指著堆在角落的藍色大塑膠桶。

那個藍色大塑膠桶大約一百公分高，蹲一個女生綽綽有餘。

少年C胸有成竹：「那個不知道本來是裝什麼的，只要沒有裂痕應該就沒問題。我們把這些塑膠袋鋪在裡面，再把她搬進去，直接在裡面放血。」

少女搖搖晃晃給抬了起來。

搖搖晃晃……

2

時光無法倒轉，但總能話說從頭。

十天前，這三個男生偷開少年C大伯父的車子出門夜遊。整條山路他們都輪流開，下山時正好輪到少年A。

當時少年A的車速並不快，卻偏偏在一個沒有反射鏡的轉彎死角，不小心擦撞到剛剛結束打工、正騎機車回家的少女。

少女的腳受了傷，破口大罵說要打電話報警，三個少年死求活求拜託她不要。

少女看出他們三個還沒成年，跟自己一樣絕對沒有駕照，獅子大開口說要十萬現金加一台全新的機車，否則就叫警察，大家看怎麼同歸於盡。

明明雙方都是無照駕駛，三個少年卻單方面被罵得狗血淋頭，還一毛錢都不能少，三個少年被越罵越火，少年B突然迸出了一句：「不然我們把她抓走拍裸照，這樣她就不敢報警了啊？」

山路前後都沒有人，三人果斷將少女的機車推落山，將她塞進車子開往山裡，找到一處他們曾經鬼屋探險時發現的廢棄工寮。

真的要拍裸照時，才發現沒有相機，只好由唯一沒有喝酒的少年A獨自開車下山，找便利商店買即可拍。

不料？

不，沒有不料，一切都可以預想得到。

就在少年A買了即可拍回到工寮時，少年B跟少年C已經強暴了少女。

被共同擁有的祕密，才是最安全的祕密。少年A沒有經過太多人神交戰的內心戲，便在其他兩人的鼓勵下脫掉了褲子，加入蹂躪少女的行列。

此後幾天，這三人輪流下山採買食物，輪流去學校幫忙請假，輪流回家睡覺，負責看守少女的人就會忍不住再逞獸欲。

一再，而再，少女成為血氣方剛的三惡少洩慾的對象，只要少女一尖叫，或試圖逃跑，就會領來一頓暴打。

這已經跟三惡少原先的計畫完全不一樣了。

他們甚至連一張裸照都沒有拍，以免留下「證據」。

前天，少女趁著看守她的少年B熟睡，幾乎就要逃跑成功，卻被正好騎機車回工寮的少年C撞了個正著，少年C一刀切斷了她的左腳跟腱，讓少女完全放棄了逃跑。

十天了。

少女營養不良，左眼瀕臨失明，下體腫脹，腳跟切口化膿發出惡臭。

少女不知道，她還要被殘酷蹂躪多久，才能離開這個可怕的工寮。

現在，答案揭曉了。

第十一天，她卻僅剩卑微的顫抖。

3

山裡最不缺就是蚊子。捕蚊燈劈里啪啦。

孱弱的少女蹲坐在藍色大塑膠桶裡，莫名的窒息感。

少年C看了兩位夥伴一眼：「從哪裡開始？」

少年A刻意理性的口吻，若無其事地說：「當然是切脖子啊，直接放血在桶子裡，等一下就不會噴得到處都是。」

少年C點點頭：「大腿好像也可以啊，那邊的動脈也超粗，一刀下去，幾秒就茫了。」

少年B又是一臉噁心：「幹切脖子真的會天天作惡夢，我投大腿一票！」

少年A忍不住發火：「你真的要當好人，剛剛下山就應該買一堆安眠藥，等她睡了我們再開始，你現在話很多真的很煩，我們兩個人加起來幹她都沒你多啦。」

少年B瞪大眼睛，一臉無辜：「喂喂喂！我只是幹她好不好？腳是你割的，車是你撞的，我才沒你們可怕咧！」

少年A真的很受不了B的置身事外：「那你有要放她嗎？」

少年B：「哇靠……又不是我一個人決定就好。」

儘管虛弱，少女哭到連嘴唇都在發抖。

少女的身體在塑膠桶子裡顯得特別嬌小：「對不起都是我不對，我想過很多次了我真的不該那樣說話……其實我媽媽罵我很多次了我都沒有聽進去我真的應該聽她的話……我就是很白目都是我不好……真的真的我真的不會講出去……我真的不會我真的不可能……讓我活下去就好了我什麼都不會講……我就說我遇到外國人……都是外國人我認不出來……我會把我自己洗乾淨真的！不會有任何指紋！我會一直沖下面！沖到什麼都看不見我用酒精擦也可以真的！你們可以檢查！求求你我跟觀世音菩薩發誓……我發誓我絕對不會講出去我絕對不會講出去我誰都不會講我馬上求我爸爸搬家不然我就離家出走我真的不會講嗚嗚嗚嗚……我跟觀世音菩薩發誓！我跟所有的東西發誓……」

發誓？

這三個少年從小到大一路發誓，可說是發誓的專家。

誓言，恐怕是他們在這個世界上最不信任的東西。

三個少年對此嗤之以鼻，連相視一笑都免了。

少年C聳聳肩：「是很想相信妳啦，但我連他們都不信了，妳還是喔，幫自己念一下往生咒啦。」

少年A皺眉：「往生咒會不會？不會就一直念南無阿彌陀佛，效果一樣。」

少年C馬上給予肯定：「對對對，效果差不多，不然就念安媽米吧米轟，聽說是南無阿彌陀佛的印度話版本，佛教是從印度那邊傳過來的，念安媽咪吧米轟的威力更大。」

少年B雙手合十，用很溫柔的語氣說：「吃了再念吃了再念……巧克力不錯了啦，如果妳死掉以後乖乖的，不要嚇人，我以後再補買草莓的燒給妳，我保證。」

正當三個惡少準備開始動手時，赫然發現沒有刀子。

只有一把鋸子。

少年A無法理解：「幹沒買刀子是怎樣？用鋸的要鋸到什麼時候？」

少年B又是一臉無辜：「我以為他有買。」

少年C倒是很有想法：「用鋸的也沒怎樣啊，我敢打賭啦等一下用鋸子的時間一定比刀還久，如果有刀的話啦……鋸子就很容易下在同一個地方，但刀子你這樣……砍下去又砍下去，基本上不會砍到同一條線，這樣就會砍很久，用鋸的一定比較對。」

少年A將鋸子遞了過去：「好啊，你示範。」

少年C也沒臉紅：「猜拳。」

少年B趕緊撇清：「不是喔……不要看我，是你們一定要殺不是我，我只是幫忙。」

少年C冷冷：「所以你有沒有要處理？好啊那就放她下山報警啊？」

又來這套。

少年B嬉皮笑臉：「我只是說，啊忘了買刀乾脆今天就不要殺啊！我們還可以再多幹她一天有什麼不好？你不要說你們不想繼續幹喔，不然你們問她，喂！我們再多幹妳一天好不好？」

少女歇斯底里猛點頭，發出奇怪的求饒聲。

少年A硬起來：「到底有完沒完啊！一起，三個人的手都一起！」

少年C總是實事求是：「好啊，就一起用力。」

少年B一臉勉為其難：「就說都是你們要殺的啊，我只是順手！」

冰冷的鋸子，抵著少女柔軟溫熱的頸子。

三隻手，一起緊緊握住鋸子把手。

是說，壞事也是有分等級的，不可一概而論。

強暴是很壞，但比起殺人絕對是兩回事。

三個惡少一起放在少女脖子上的鋸子，遲遲無法動彈。

對三個惡少來說，是陷入不知道該怎麼開始動手的窘境。

但是對少女來說，這份猶豫正是自己千分之一活下去的微光。

少女持續歇斯底里地祈禱：「求求你們求求你們……我誰都不會講誰都不會講我就說我迷路了遇到鬼……遇到魔神仔，對對對我就說我遇到了魔神仔我什麼都不記得了你們等一下可以把我丟在山裡讓我自己走下去就好了真的我覺得魔神仔真的很好真的不會有人多問……我什麼都忘了什麼都忘了都忘光光了……魔神仔魔神仔魔神仔魔神仔魔神仔……」

少女兩眼翻白，臉上開始抽搐。

像潮水一樣的腎上腺素淹沒了少女的意識，她陷入奇怪的幻想，在這種生死邊緣是否有神靈降乩在她身上，不管是神是鬼都好，只要口才比自己好，或許可以說服這三個人相信自己真的不會說出去……

三個惡少很明顯沒有人想真的動手，卻都騎虎難下。

原本只是想用裸照交換不要報警，卻演變成強姦，強姦不想被發現只好一直把人押在山區，押在山區又是可以想見的一直逞慾輪暴。幾天過去了，不得不想個辦法掩蓋這一切。惡的骨牌。

但殺人。

殺人真的……

少年A咬牙切齒：「我真他媽的不應該下山……買三小即可拍，換我顧人就沒這麼多事！」

少年C漠然地看著他：「你終於說出來了，你滿自以為的嘛！」

少年B一臉非常受傷的表情：「不是喔，你只是不爽我們可以先幹。而且我們都是在幫你擦屁股耶，要不是你撞到她，後面會這麼多事喔？」

少年A臉色鐵青，一個字一個字硬吐：「我只是撞到她。」

少年B白了他一眼：「我說要拍裸照的時候，你第一個伸手過去抓她頭髮耶！我只是隨便說說，我跟他第一時間都沒動手喔！你抓她的時候……」

少年A真的快瘋了：「你說要拍裸照！那是不是要有人去抓她！是不是！好…… 那你要強姦她的時候！有問我嗎！」

少年C吐槽得非常直接：「沒問你，但你後來褲子也脫下來啊。你不要說是陪我們幹喔，你褲子一脫下來的時候，懶叫直接就是硬的！」

少女呆呆地蜷曲在藍色塑膠桶裡。

真希望他們可以一直吵下去，然後明天再繼續吵……

4

噗噗噗噗……汽車的引擎聲。

輪胎慢慢碾壓樹葉與樹枝的窸窣聲。

空氣裡突然多了一股廢氣味。

「有人？」少年C警覺。

即使在深山裡，偶爾還是會聽見車子在遠處的產業道路經過的聲音，但現在是半夜，這引擎聲又是如此之近？好像……引擎熄火了？

三惡少面面相覷，難以置信現在竟然會有不速之客，會是警察嗎？還是夜遊鬼屋探險的大學生？這個廢棄很久的工寮難道有主人嗎？在這種時候來幹嘛？

大家緊急關掉了捕蚊燈，摀住少女的嘴。

四周除了蚊香，一片漆黑。

少女呼吸急促，面對可能的希望，少女的心臟幾乎要爆炸。

黑暗中，有鞋子踩到了黏蠅紙的聲音。

捕蚊燈再度被打開。

是一個穿著灰白長風衣的中年男子，他一手提著爛皮箱，另一手拿著捕蚊燈。

捕蚊燈在搖晃。

黑暗也同樣在搖晃。

少年A手拿鋸子當武器，少年B摀著少女的嘴，少年C拿著半塊磚頭。

誰也不知道即將發生的對話長什麼樣，警戒而恐懼。

拿著捕蚊燈探照四周的中年男子，染了銀灰色頭髮，一臉無可奈何的笑意。

他拿著捕蚊燈，藉著紫藍色的光，仔細打量著桶子少女的狀況。

少女瞪大眼睛，不敢求助。

說不定這個意外的訪客，其實是三人考驗她會不會說出去的暗樁。

對……這是一場戲，一場充滿陷阱的戲，自己一定要把握住，一定要乖，一定要把嘴巴閉得緊緊的，絕對不能犯錯！

銀白髮男子不置可否：「大家不要衝動，脖子斷掉就沒有東西擔保了。」

少年B像是想起了什麼：「啊啊啊！剛剛在小北結帳時有遇到！」

少年C也歪著脖子：「好像有這個印象。」

銀白髮男子左顧右盼：「沒有桌子……沒有桌子……老是沒有桌子……」

銀白髮男子索性將捕蚊燈放在地上，拉了拉衣服，好整以暇在三惡少面前坐下，打開舊皮箱，拿出許多文件資料，裡面甚至有印泥跟原子筆。

少年B完全想起來了：「排在我們前面買菸買超久，還給我一張名片！」

少年B從口袋裡翻出一張皺皺的名片。

名片正中央，印著擔保人三個粗體大字。

附註，任何事情都可以擔保，但聯絡電話的部分因為太過老舊模糊不清。

銀白髮男子笑笑點了點頭，從懷裡拿出一支菸，點燃。

剛剛沒下山的少年A對一切都感到非常可疑：「我警告，不要弄我。」

少年B沒好氣：「我就真的不認識啊！」

少年C還是很戒備：「你跟蹤我們？」

銀白髮男子噗哧一聲笑了出來：「需要嗎？」

有回答，更像是沒有回答。

「握手就免了，我是做擔保的。」銀白髮男子抽了一口菸：「只要屬於你的，就什麼都可以押。」

灰白色的菸氣，從銀白髮男子的嘴邊冉冉而出。

「接下來，都是例行公事。」

不顧大家又緊張又質疑的眼光，自稱擔保人的銀白髮男子微微起身，研究了一下桶裝少女的傷勢，接著在畫著人形的紙上，針對軀幹的細節一一打勾或打叉，一注意到了少女的腳踝斷掉，便在人形腳上打了個叉，看了看，又在嚴重瘀腫的左眼上打了一個叉。

最後在人形圖紙上的陰部，反覆打了一個又一個的大叉叉。

三個惡少，就這麼呆頭呆腦地看著擔保人核對完少女傷勢。

擔保人從老舊的公事包裡拿出四份文件，一份直接扔進塑膠桶子裡，另外三份交給三個少年：「姓名住址電話身高體重血型擅長的球類最喜歡哪個明星，通通都要填，每一頁都要簽名，騎縫處蓋個手印，一式四份，務必看清楚。」

三惡少接過莫名其妙的合約，但現在是什麼時候，根本無法好好閱讀。

擔保人好像很習慣解釋合約，不疾不徐地說：「合約上面是說，這女的，她用她的一切，包括了生命但不限於生命，作為擔保，如果你們讓她以從現在開始為標準的原狀態離開這裡，她誰都不會講，如有違背，受萬刀慘死，包含但不限於爸爸媽媽兄弟姊妹同學老師警察，通通都不會講，如有違背，受萬刀慘死，當然也不可以用寫的不可以用唱的，連不小心講夢話都不可以。如有違背，受萬刀慘死。」

三惡少幾乎是異口同聲：「……萬刀慘死？」

擔保人：「合約處理到底。一切罰則，都交給合約。」

交給合約？那是什麼意思？

現在的狀況實在是太特殊太突兀太離譜了，三個惡少無法理解眼前的一切。

少女像是看見神明一樣看著一派輕鬆的擔保人，以全身發抖作為僅有的回應。

少年A提高音量：「到底！你哪裡！」

擔保人也沒不高興：「說過了，給人押擔保的。」

少年A更大聲了：「我是問你跟哪個大哥？」

擔保人又是一口菸：「我自己開公司。」

不懂。

完全不懂。

少年B不安：「你有報警嗎？」

擔保人一臉嫌惡：「呸呸呸呸，妨礙我做生意。」

少年C看著手上的古怪合約：「這合約到底是什麼意思？你怎麼知道她簽了就不會講出去？」

擔保人很誠實地說：「我不知道啊。」

少年A竟惱怒：「不知道你是來幹嘛！」

擔保人失笑：「我只是專程來收下她此時此刻發自內心的保證啊，她要是想反悔，嘴長在她身上我有什麼辦法？不過她一講，合約就會找上她履行罰則，寫在最後面那幾句話要不要看一下？都讀過國小吧？」

少年C代表看了一下罰則，似乎難以置信罰則如此嚴酷。

擔保人掃視了三惡少一眼：「同時，也是來收各位的保證。保證她可以離開這裡，如有違約，很抱歉一樣是萬刀慘死。」

聽起來超現實的萬刀慘死，好像有點好笑，此時在捕蚊燈藍藍的燈光下，卻令人毛骨悚然，三惡少同感頭皮發麻。

擔保人語氣平和：「違約不能說沒有，但真的不常見。我們畢竟不是動物，人，講的就是一個信用對吧？尤其壞人講信用，比好人的保證更加重要。」

少年A像是帶頭的：「要是我不放人呢？」

少年C糾正：「是我們。」

擔保人沒有一點脾氣：「站在做生意的立場，我實在不想白白跑這一趟，你們好好討論啦，只要你們不要往她的脖子鋸下去，完全不趕時間啊。」

少年B探頭，看見擔保人滿滿的舊皮箱裡，多的是擔保畫押的舊文件，其中很多人形圖紙，完全不像是今天才臨時胡謅出來的工作。

少年C努力想看穿這個不速之客：「你怎麼知道要來這裡做……生意？」

擔保人笑了，半張臉都埋在灰灰濁濁的菸氣裡：「各位，你們半夜買這麼多東西，不就是告訴全世界你們要分人肉？我有我的專業啊，大家互相尊重。」

同樣是回應了，卻遠遠不算是回答。

少年B：「如果我們放了她，隔天想想不對再把她殺掉咧？我是說如果啦！」

少年C：「是不是只要我們放了她，是真的放掉的那種，下次她再被我們抓到就算新的一次……對吧？」

擔保人抓了抓頭：「明天的事明天再說啦，我要做的，只是現在，就只有現在，才能完成的生意，怎麼樣？要不要讓她自己填資料？她必須自己填才算數。」

桶裝少女持續不知是否在夢境裡的祈禱。

擔保人抬起腳，撕去黏在鞋底下的補蠅紙。

擔保人：「你們跟她之間怎樣又怎樣我不知道，但人都敢抓敢殺了，想想看，大家討論看看，敢不敢放人？人一放，她不講，這幾天發生了什麼事，從此沒人知道，大家下山以後互相不認識。老實說，不用在這邊剁來剁去又抬來抬去，一下子少很多很多事。」

少年A醞釀著不知道怎麼找台階下的殺氣。

少年B脫口而出：「那你有什麼好處？」

擔保人淡淡一笑：「跟你說要幹嘛？講了我賺什麼？」

少年A：「……」

擔保人貌似相當習慣了分析利弊，點了點手指上的菸。

「主要是你們有沒有好處！少年仔，你們一開始只是想玩垃圾骯髒免錢的吧？應該不是真的想殺人的吧？糟蹋人家，收不了尾，搞到現在要分人肉，也只是不想被人知道你們做了什麼，人其實沒那麼壞嘛！」

「……」

「但殺了人就算一個月不被抓，一年也不會被抓嗎？兩年咧？三年咧？殺人的法律追訴期三十年。三個人，三張嘴，以後要怎麼睡得著？是不是有一天你要偷偷殺他滅口，然後他也要偷偷捅你一刀？」

「……」

「退一百步，難道說我現在在這邊看到你們在做什麼，你們也要把我整個處理掉？拜託，剁一個人已經很煩了，剁兩個人真的要搞好幾天。等等……刀子咧？怎麼沒看到刀子？」

被戳到痛點了，三惡少只有面紅耳赤。

「沒刀子……用這鋸子是要鋸到什麼時候？笑死！以後你們坐牢的時候講給室友聽，真正會被笑到翻過來又翻過去！哈哈哈哈哈哈哈哈！」

擔保人突然笑得前俯後仰，笑到岔氣，不斷咳嗽。

少年B與少年C，不約而同看向少年A。

少年A看著閉眼祈禱的桶裝少女。

擔保人終於止住了大笑，重新調整坐姿，抽著只剩一小截的菸。

菸氣瀰漫。

少女終於睜開眼睛，瞳孔裡的期待，放大又放大。

擔保人語重心長。

「人生還很長……不要在這裡一次用掉。」

5

海浪淹上了沙岸，寄居蟹在白色泡泡裡尋覓著。
寄居蟹行經的沙灘凹陷，看似一個腳印。
腳印被白色泡泡淹沒。

6

晚上八點半的小巷裡，有一間小小的黑白切麻醬麵店。

角落那一盞正發出啪滋啪滋聲響的捕蚊燈，似曾相識。

最忙碌的時段已經過去了，此時店裡人不多，一個中年婦女一邊揀地瓜葉，一邊看電視韓劇，她那小學三年級的女兒坐在角落，很不專心地寫著功課。

中年男子A正在路口傾倒碗盤洗滌水，他的頸子上，有一個八卦刺青。

三名穿著制服的高中生，騎著機車在門前嬉鬧，呼嘯而過。

「幹王鴻全！明天畢業典禮要不要蓋主任布袋啦幹！」

「哈哈哈哈你最好是敢啦！」

「我有什麼不敢！我張博偉有什麼不敢！衝啊！衝！」

中年A多看了這三個血氣方剛的高中生一眼，若有所思。

妻子呵呵挖苦：「懷念啊？」

中年A沒有回答，繼續在門口洗碗。

敢不敢，衝不衝，屌不屌，厲不厲害……

這些，早已被名為生活的高牆給阻擋了，只有手中正在洗的碗才是真實。

《給愛麗絲》的音樂遠遠傳來，妻子抓起兩大袋垃圾就往巷口走。

小女兒等這一刻等了一晚，趕緊把聯絡簿拿給中年A。

中年A哪裡不知道是怎麼一回事，瞪著聯絡簿上的導師留言。

中年A瞪：「上課愛講話，午休跟同學嬉鬧……妳要我怎麼回老師？」

小女兒吐舌頭：「嘻嘻，就說你有打我就好了啊！」

中年A開始在店裡追打小女兒，兩人嘻嘻笑笑。

是了，除了永遠洗不完的鍋盆碗筷、挑也挑不完的菜葉，幸好小女兒天真無邪的笑容也是生活高牆的一部分。

跟小女兒的一追一逃，就是中年A一天之中最快樂的時光。

捕蚊燈依舊矗立在角落，垃圾車的音樂遠去。

小女兒哇哇哇大叫搶了遙控器，樂不可支地坐在電視機前面。

剛剛倒完垃圾回來的妻子，果斷地將電視切掉。

妻子一臉不悅：「功課寫完再看。」

小女兒哀號：「寫完就沒演了啊！我要看我要看！」

妻子沒得商量：「寫完再看。」

中年A沒好氣地說：「妳就讓她看，它就只有現在演啊。」
妻子沒好氣：「看完還有下一個要看，是什麼時候要寫？」
小女兒大叫：「我就只有要看那個啊！快點啦我同學每一個都在看！」
中年A：「她現在不看等一下還不是寫不專心，她就只要看那個啊。」
妻子繼續挑菜：「讓我當壞人我可以啊。」
中年A無奈：「啊她就真的只要看那個啊！」
小女兒繼續大叫：「對！我只要看那個！看完就寫！」
吵吵鬧鬧。
這就是世界上最棒的吵吵鬧鬧。
此時，一個腳步蹣跚的女人走進了麵攤小店。
跛腳女人選了一個角落坐下。
拿起菜單，慢慢地劃了一碗麻醬麵，一顆滷蛋，一盤豆腐。
跛腳女人等待上菜時，她只是看著電視卡通，看著小女兒的背影。
片刻。
當中年A將煮好的麵條與小菜放上桌，他拿著碗盤的手指登時僵硬。
跛腳女人的頸子上，突兀地……掛了好多串平安符。

大小不一，樣式各異，但同樣都是邊角泛黑捲曲的陳舊感。

中年A下意識地看了跛腳女人的手腕一眼。

她的手腕戴了三串佛珠。大小不一的佛珠。

跛腳女人的左腳小腿嚴重萎縮，左眼瞳孔黯淡，應該是失明了。

中年A懵了。

這不就是當年被自己放走的那個……女孩嗎？

她來這裡做什麼？不，她怎麼知道自己在這裡？

還是她沒有認出自己？只是巧合？如果是巧合，接下來她會認出自己嗎？

中年A根本不知道自己是怎麼轉身走回煮麵的廚台。

都一起生了孩子，妻子怎麼可能還沒察覺到了丈夫的異樣。

妻子將挑好的地瓜葉拿到廚台時，還觀察了一下丈夫刻意保持冷靜的神色。

「以前在一起的嗎？」妻子若無其事地問。

「神經……」中年A壓低聲音：「我只是注意到她的腳。」

「小兒麻痺吧。」妻子多看了一眼：「真可憐。」

跛腳女人慢慢吃麻醬麵，一邊看著小女兒坐在電視機前看的劇。

中年A看著不斷冒泡的大鍋熱湯。

不會看錯的。

這跛腳女人的脖子上，的確掛著過去同伴B特意求來的宮廟平安符。

而她的手上，也戴著一串曾屬於同伴C緊急搜刮來的佛珠。

這已經不是不寒而慄，而是毛骨悚然。

她找過他們。

現在，她來找我。

7

日復一日，夜又一夜。

每一天晚上，同樣的時段，跛腳女人都會來店裡吃麵。

跛腳女人只是在菜單上畫著一模一樣的滷蛋、豆腐與麻醬麵。

中年A意識到了這次相遇必定是跛腳女人的刻意為之，在妻兒面前他只能忍耐，裝沒事，煮麵，洗碗，招呼著其他客人，簽聯絡簿。

跛腳女人每次來店裡，都在小女兒做功課與看電視的環境下，默默地吃麵，默默看著小女兒的背影，默默看著劇，一句話也沒說過。

每次，跛腳女人都坐很久，直到店快打烊了才離去。

刻意與跛腳女人保持距離的中年A，即使站在廚台遠遠剁肉，也是越剁越大力，越剁越生氣。

無法保持距離的，是那些被拒絕回憶的恐怖夜晚。

過去的身影越來越清晰，好像又聽見了難以想像出自自己口中的對話。

丈夫的古怪，妻子都看在眼裡。

拐彎抹角問了丈夫幾次，丈夫不是胡亂敷衍，就是陷入沉默。

妻子只能坐在店裡角落挑菜，慢慢消化古怪的介意。

小女兒早就發現了。

她既不認真看電視，也不認真寫功課。她很認真偷看跛腳女人。

某次，小女兒蹦蹦跳跳走到跛腳女人面前，神秘兮兮地問……

小女兒：「阿姨，你是我爸爸以前的女朋友嗎？」

跛腳女人眼神漠然：「……」

小女兒故意用頑皮的語氣：「就、前、女、友啊？」

跛腳女人像是凝視小女兒，又像是什麼也沒看。

四個月過去了。

中年A像是老了十歲，黑眼圈深陷，顴骨凸起，下腹隱隱作痛，半夜起來尿尿的次數多了三次，其中兩次還是從惡夢中驚醒。

煩惱，壓力，比黑洞還無光的回憶。

他氣到想打電話，給後來未曾再聯絡的兩個名字。

但高中畢業紀念冊早就丟了，想罵人想訴苦都沒方法。

中年A當然想反過來跟蹤跛腳女，但都找不到藉口離開店。

終於有一天晚上。

中年A剁著早已爛掉的肉，卻始終停不下來。

店快打烊了。

跛腳女人撐著桌角站起來，顫顫巍巍地走了出去。

中年A手中無處宣洩怒意的菜刀，終於停下。

妻子小心翼翼走了過來：「店我來收就可以了。」

中年A沉默。

妻子溫和地說：「有什麼話一次講清楚，叫她以後不要再來了。」

那語氣，就像是在心中練習了一萬次的成果，平淡卻有力。

他果然娶了一個好老婆，這些年一天都沒有白過。

中年A沒有點頭，沒有搖頭，只是洗了洗過度用力的手。

8

清冷的公車站牌下，跛腳女人一個人在等車。
跛腳女人靜靜地看著前方。
遙遠的、冷冽的海風似乎開始在她心中吹拂著。
重重的腳步聲，快速接近跛腳女人的身後。
腳步聲停止時，時間也停止了。
停止在二十年前的那一個夜晚。
跛腳女人甚至沒有轉身。

中年A森冷的聲音：「不要太過分。」
跛腳女人：「……」
中年A：「以前是以前，現在是現在。」
跛腳女人：「……」
中年A：「不要再來了。」

跛腳女人：「……」

中年A：「聽到沒？」

跛腳女人：「……」

中年A大吼：「聽到沒！」

公車來了。

跛腳女人還沒上車，中年A就已快步離去。

沒能離去的，就跟著跛腳女人一起上了車。

海風。

9

牆上的時鐘已經到了七點半。

電視機沒有打開，小女兒沒有回家。

中年A毫無心思應付客人，好幾碗麵都給煮得稀爛。

妻子更是來回踱步，焦急地打電話給家長與老師。

妻子：「老師不好意思，我想問一下怡蓉今天有沒有被留下寫功課……沒有啦對對對我也是想說怎麼可能都已經六點了……沒有沒有對對對，謝謝老師謝謝老師！」

妻子：「阿德啊，我們家怡蓉今天放學沒有跟你一起回家嗎？」

妻子：「老師真的不好意思，我想說怡蓉會不會記錯時間去你那邊補習……是……沒關係謝謝老師，我再問問看！」

妻子：「家家，我是怡蓉他媽媽，請問一下怡蓉現在是不是跟你在一起？那你放學有看到怡蓉嗎？」

妻子：「王義星，你有看到怡蓉嗎？我是他媽媽……」

妻子：「阿德！怡蓉真的沒有在你那邊嗎？」

時針指的刻度越來越晚，八點半……九點……十點……

妻子越來越焦慮，電話裡的口氣也越來越差。

中年A看向空著的那張椅子。

那是跛腳女人每天固定來報到的位置，而她今天並沒有出現。

中年A冷汗直流。

警察終於來麵店裡做筆錄，妻子只是不停地哭。

中年A站在店門口抽菸，頹然困在自己無法言說的思緒裡。

深夜兩點。

妻子騎著機車，在巷子裡呼喊女兒的名字。

妻子邊哭邊喊：「廖怡蓉……廖怡蓉……廖怡蓉……」

空無一人的公車站牌下。

中年A看著公車路線上的每一站，努力猜出任何的可能。

徒勞無功。

過了好幾天，小女兒還是沒有回來。

中年A鬈曲的鬍碴滿了半張臉，血絲在眼珠裡漲潮。

沒客人也沒打掃的麵攤，廚台上懸掛各種從廟裡求來的平安符。

妻子頹然坐在角落：「女兒都沒了，還開店做什麼？」

中年A手上的菸早已索然無味：「……」

妻子崩潰大叫：「不會出去找你女兒啊？出去啊！」

中年A：「……」

妻子咆哮：「出去！去發傳單啊！怎麼當爸爸的！廢物！廢物！」

中年A冷冷地看著妻子，眼神裡散發出冷冽的殺意。

角落捕蚊燈劈里啪啦劈里啪啦，彷彿又回到了多年前的夜晚。

那女人！

那女人是來報仇的！

那女人憑什麼來報仇！

10

中年A開著跟鄰居借來的車，回到了久已未歸的故鄉老家。

他記得同伴B的爸爸是在做泥水小工程的，住哪裡也大概有一點印象，一邊開車，一邊確認記憶，很快便找到了同伴B以前的住居。

開門的，是一個年邁的老婦人，中年A認出了是同伴B的老母。

中年A單刀直入：「伯母，請問李正灝在嗎？」

老婦人一言不發，用古怪的眼神端詳了中年A許久。

正當中年A想多多少少自我介紹一下時，老婦人像是突然認出了兒子的老友，張大嘴巴，喉嚨一緊，往旁邊用力吐了一口痰。

老婦人用力把門關上，任憑中年A不停拍打門板，都不應不理。

吃了閉門羹，中年A只好向左右鄰居詢問到底怎麼回事。

一個鄰居說，自從老婦人的兒子有一天過年回家，大年初一就在家裡發瘋，最後還跑到街上大吵大鬧，老婦人只好叫警察把他抓走後，就再也沒有回家。

中年A眉頭深鎖：「那是幾年前？」

鄰居想了想：「好幾年了，至少四年還是五年了吧？」

中年A鍥而不捨：「有聽說他發瘋以前，是在哪裡……做什麼工作嗎？」

鄰居搖搖頭，留下一片空白。

至於同伴C以前住哪，中年A並不知道，但記得同伴C的爸爸當年是在一所商職當老師。中年A開車去學校問，在教務處跟人事處都盧了半天，學校人員都以個人資料屬於隱私為由拒絕提供，讓中年A非常火大。

直到中年A氣呼呼走向停車場的路上，才有一個小職員偷偷追上來。

小職員氣喘吁吁：「不好意思，請問你找他有什麼事？」

中年A還在惱羞：「就說我不是找他！我是找他兒子！」

小職員深深吸了一口氣：「其實戴老師因為兒子失蹤的事，傷心到沒辦法好好上課，兩年前還申請了提早退休。所以如果你要找的就是戴老師的兒子，戴老師也幫不上忙。」

中年A的臉麻了。

「他兒子失蹤了？你剛剛是說兩年前？」

「對啊，還上過地方新聞。」

僅此而已。

所有的線索都是碎片。

但還有一個人。

還有一個地方可以找。

11

中年A將車子停在一戶老舊透天厝前，大門緊閉，兩旁的春聯早已泛白。

按了門鈴，久無人應。

中年A左繞右繞，想辦法從積滿灰塵的窗戶窺探著屋裡。

一個大嬸發現形跡可疑的中年A，正用警戒的眼神朝他打量一番時，中年A索性直接開口問了：「借問一下，這裡是不是住了一個女的，大概快四十歲，頭髮長長的，走路一拐一拐，眼睛也有點怪怪的……」

鄰居大嬸：「噢眼睛有一隻看不到那個淑美，是啊，以前是住在這邊啊。」

中年A鐵青著臉：「對對對，我是她以前同學，我有事找她。」

鄰居大嬸一臉不信：「你是她同學？」

中年A追問：「她最近有回來嗎？還是她媽媽？她媽媽也住這邊嗎？」

鄰居大嬸一打開了話匣子，便使勁地說了個沒完：「她老母喔真的很夭壽啦，害慘這附近了，大家早就跟他們家沒來往了，你是淑美的同學就想辦法找到她啦，叫她好好處理一下她老母的事。是說淑美小時候真的很乖，人又漂亮，她失蹤的那段時間大家真的都很擔心她，全村幾十間宮廟的桌頭都開眼在看她在哪不騙你！啊你是她同學？是高中嗎？是就應該知道吧！」

中年A含糊應聲：「嗯。」

鄰居大嬸大聲：「叫她回來好好處理啦！幾年沒看到了……真正夭壽！」

中年A不懂：「到底是要處理什麼事情？」

一個推著回收手推車的阿伯，早站在附近聽了八卦許久。

阿伯搖頭嘆氣：「淑美啦！她回來之後只是一直說自己遇到魔神仔，其他什麼話都不說，好像整個人都空了，不管她老母怎麼打她求她押她去濟公師父那邊收驚，她都不講話，最後連門都不出，倒是偷偷吃老鼠藥自殺了好幾次……」

鄰居大嬸搶著說：「真正很奇怪，不管怎樣人好不容易從深山裡回來了，應該是很歡喜的事，但不知道是不是真的卡到什麼魔神仔，人喔，乾脆整組壞掉，講起來也是很怨嘆啦，她吃老鼠藥吃農藥吃安眠藥好幾次都沒死，她老母一次就把自己吊吊死了，真正是，不孝啦！」

中年A：「……」

阿伯像是親眼目睹了慘案：「她不處理耶！什麼法事都沒做，就只是把門打開叫警察來，筆錄做一做以後，就這樣自己跑不見，幾年了都沒回來，反正啦，這樣不對啦，要回來好好把法事辦一辦啦，沒錢，大家幫她出錢也沒關係啊，重要的是她要自己拿香！不然這附近的風水喔……」

鄰居大嬸跟回收阿伯繼續一搭一唱，中年A的臉色也越來越沉。

自己之所以知道跛腳女人住這裡，其實是有一次輪到他下山回家睡覺，他忍不住依照少女所報的地址，刻意騎車經過。他印象很深，有一個婦人就坐在門口的板凳上睡覺，他不敢多看，加速離開。

十之八九，是少女的母親守在門口等待吧。

中年A驅車離開。

既然跛腳女人很多年都沒回到她的老家，那麼，還有一個地方……

12

憑著難堪卻又鮮明無比的記憶，中年A開車往山裡鑽。

山路還能怎麼變？

只要一離開拓寬的產業道路，當年勉強可供車過的山徑依舊如是。

天色漸暗。

山徑的景色越來越有當年的樣子，帶著可鄙的記憶壓了過來。

中年A握著方向盤的手不自覺地發抖。

好不容易抵達當年的祕密據點附近，已全無天光。

樹林太密，漸不成路，車子無法再繼續往前。

中年A拿出預先準備好的水果刀跟手電筒，下車徒步最後一段小徑。

冷風颳起了殘破的樹葉，抽抽咽咽的風聲，忽高忽低的雜亂樹枝。

陰森顛簸，隨便一聲蟲鳴鳥叫都令中年A雞皮疙瘩。

……到了。

那間破工寮原本就是人跡罕至的廢墟，此時更被荒煙蔓草吞沒。

若要追求報仇的儀式感，這裡，絕對是跛腳女人的最後基地。

別怕，爸爸來了。

中年A深深吸了一大口氣。

沒有必要躡手躡腳了，剛剛車子的引擎聲跟廢氣味早就遠遠傳過來了吧？

中年A直接讓噴湧出來的腎上腺素接管步伐，大聲嚷嚷。

「我來了！妳不就是要我來這裡嗎！我！來！了！」

他一步一步踩過當年的惡行，一腳一腳接近工寮破敗的深處。

陰莖……竟然在這種時候硬了起來。

是卑鄙的回憶印記嗎？

還是面對生死的雄性生物本能？

果然。

有人在工寮深處等他。

等了他很久很久……

抬起頭。

中年Ａ一陣噁心暈眩，兩腿重重跪下。
他知道失聯多年的Ｂ與Ｃ的下落了。

13

中年A飆車下山。
如果不是非得找到小女兒不可，即使車子直接翻落山谷也無所謂了。
冷汗不斷從後頸湧出，眼皮瘋狂跳動。
同伴B跟同伴C在回到工寮以前，到底都經歷了什麼？
他們是一前一後？還是相約一起？
誰在上吊以前，凝視過另一個誰嗎？
重點是！該死的……混蛋！還兩個！就沒想過要打個電話警告我嗎！
油門踩得更深了。
當恐懼稍稍消褪時，取而代之的，是漲滿五體的疲憊。
怎麼下山的都不知道。
中年A渾渾噩噩回到黑白切麵攤小店時，在桌上看到妻子留下的紙條。
想也知道滾回娘家了。
還有一個紙箱。

以沒有寄件人、沒有送貨封條的方式，突兀地放在店門口。

雖然這大小絕不可能裝下一個小孩，但紙箱非常重，極沉，還散發出一股熟悉但說不出來的氣味，令中年A感到背脊發涼。

他拿起水果刀，戰戰兢兢切開了膠帶。

紙箱裡，是一大堆濕黏黏的海砂。

中年A雙腿發軟，伸手進去砂子裡慢慢挖掘，深怕觸碰到……觸碰到……

濕黏黏的海砂裡，撈出了一根笛子。

笛子上，用奇異筆寫下學號「27」，與「廖怡蓉」三個字。

中年A嚇得跌坐在地。

小女兒果然在那個瘋子手上！

操你媽的到底！

海砂到底又是什麼意思！

中年A崩潰大叫：「啊啊啊啊啊啊啊我應該殺了妳！我應該！殺了！妳！」

14

每一天，陸陸續續都有紙箱子被送過來。

不是郵局，不是快遞，也不是貨運，每一次都是由不同的陌生人送來。

「給你箱子的！是誰！是不是一個女的！」中年A對著送箱子的老伯吼叫。

「不是，是一個高中生，還穿育誠的體育服，他喔給我三百塊……」

好不容易找到那個高中生，高中生又說是菜市場賣海鮮的歐巴桑給他的，他也從中賺了三百元，負責把箱子交給隨便一個人，再請那個人轉交到這間黑白切麵店。

不用問，那個賣海鮮的歐巴桑又是哪個陌生的誰誰誰拿紙箱給她的。

絕對不能報警。

也無法報警。

如果報警可以解決的話，B跟C也不會選擇用那樣的方式結束一切。

店門二十四小時打開，卻不做任何生意。

中年A就呆呆坐在店門口的板凳上睡覺，神經兮兮，困頓愁緒，又是搥胸頓足，等待跛腳女人更進一步的指示。

每一次送上門的紙箱，都堆滿了潮濕的海砂，但已無女兒身上的物品。

老虎鉗。

繩索。

鏟子。

鐵鎚。

美工刀。

掃墓手套。

金紙。

鋸子。

用寶特瓶裝的汽油。

中年A將手指插進海砂裡，次次都挖得很心驚。

挖到金紙的那一次還吐了一地。

中年A拒絕承認這是報應。

小女兒是無辜的，她什麼壞事也沒做過，她一定會回來的……

15

十箱拆開的紙箱散放在小店地板上。
濕潤的海砂散發出濃濃的鹹味，醃漬了店裡的空氣。
完全沒有洗澡的中年A蜷曲在店門口，比屍體更像屍體。
第十一天。
紙箱是一個外籍幫傭送來的，體積很小，很輕。
搖了搖，裡面裝了一個疑似塑膠包裝的東西。
中年A瞪著紙箱良久，心跳越來越快。
第十一天，正好就是三惡少將少女綁架輪姦的最後一天。
這麼輕，還會是什麼？會是小女兒身體的一部分嗎？
鼓起勇氣，中年A慢慢將紙箱拆開。
沒有一粒海砂。
沒有手指，沒有眼珠，沒有耳朵，中年A卻宛如遭受雷擊。
捕蚊燈在角落「啪！」了一下。

一盒草莓泡芙。

此時，中年A身後的光影晃動。

跛腳女人赤著腳，一拐一拐地走進了無聲息的小麵店。

滿臉鬍碴的中年A猛然轉頭，呆呆地看著跛腳女人。

這一幕，中年A想像了很久。

真的等到了，卻是這種感覺？

跛腳女人伸手，從中年A手中的小紙箱拿走那一盒草莓泡芙。

坐在小店老位子上，沒有任何眼神交會，跛腳女人慢慢拆開包裝。

用髒髒的手指，捏起了一顆當年就該吃到的泡芙，放進嘴裡。

所以？

中年A從積滿灰塵的廚台拿了一把菜刀，顫抖地走到跛腳女人旁邊。

中年A雙眼佈滿血絲：「她只是一個小孩。」

跛腳女人慢慢品嚐著泡芙：「……」

中年A語氣哽咽：「妳想怎樣？」

跛腳女人慢慢品嚐著泡芙：「……」

中年A只能用吼的：「妳想怎樣！妳想怎樣！妳想怎樣！妳想怎樣！」

跛腳女人慢慢品嚐著泡芙：「……」

中年A用力揮刀，哐地一聲砍入桌子邊緣。

桌子嗚嗚震動。

跛腳女人手中正捏著的泡芙，指甲瞬間嵌進了餅皮。

中年A拚命控訴：「我有沒有放了妳？有沒有？我是不是放了妳？我是不是！冒了大的危險放了妳！妳用什麼回報我？蛤？妳用什麼回報我！是！我們是有不對！我們幹的就是骯髒垃圾事！但我們那年才幾歲！我們懂什麼！我們是不是本來可以殺了妳！是不是！我們是不是說好了！」

跛腳女人面無表情。

中年A著急了，將菜刀摔在桌上：「好！沒關係……我讓妳殺！現在！現在我讓妳殺好不好？來！拿去！但妳一定要放她回來好不好！妳跟我說！跟我說！說她還活著好不好！」

跛腳女人無動於衷，只是一顆又一顆吃著草莓泡芙。

放置多日的海砂，鹹味彷彿滲透進了牆，小店裡彷彿颳起了濕潤的海風。

中年A頹然跪下，猛烈磕頭。

中年A又哭又吼，額頭都給磕破了：「我拜託妳！我求妳！跟我說她還活著！不然妳殺了我！殺了我交換好不好！好不好！拜託你我拜託妳！不要牽拖到小孩子身上！她才幾歲……妳每天都來都看著她！她是不是很乖！她是不是很乖！……不然妳殺了我！妳殺了我！妳殺了我！」

跛腳女人的泡芙快吃完了。

中年A感覺到，泡芙如果吃完了，恐怕會發生很不好的事。

中年A惶恐不已：「妳要一個道歉對不對？好……好！我跟妳道歉！對不起！我對不起妳……我對不起妳……我垃圾！我人渣！我就是真真正正的敗類！我不配當爸爸！我不配當人丈夫！我不配！我什麼都不配！不配當人！不配跟妳說話！不配求妳！對不起我真的錯了！我真的……」

跛腳女人將最後一口泡芙含在嘴裡，一抹邪惡的微笑，牙齒用力……

喀嚓！

她笑了？

中年A腦中一片慘白，抓起桌上的菜刀，接力三人當年沒有做完的暴行。

菜刀，朝跛腳女人的頸子猛力砍下！

鮮血噴濺！

上桌！

上牆！

上天花板！

被腥熱的血跡噴濺一通的捕蚊燈，不斷發出了驚悚的劈里啪啦聲。

自始至終，跛腳女人都沒有閉上眼睛。

她嘴角帶著微笑，看著化成野獸的中年A在她頭上不斷揮舞著菜刀。

不知道砍了多久，直到再也沒有一滴血水噴出。

被過去記憶碾壓攪碎的中年A，已砍到喘不過氣來，卻還兀自揮刀砍劈。

中年A的五感麻痺，卻又在知覺混沌中感應到了人的氣息。

手裡高高拿著菜刀，中年A慢慢轉頭。

小女兒站在他的身後，不曉得看了這一幕多久。

小女兒一身無傷，穿著失蹤時的那身制服，站在門口。

全身發抖，看著渾身是血的父親，以及支離破碎的……

中年A張開嘴巴，咿咿啞啞了半天：「妳……回來了？」

中年A想放開手中菜刀，卻無法控制僵硬的手指。

他的人，跟砍到彎曲變形的菜刀，已黏成一體。

小女兒的眼神陷入無底洞的恐懼，嚇到失禁，尿水濕了雙腳。

小女兒呆呆地重複早已背好的魘語。

我被魔神仔抓去……

我被魔神仔抓去我被魔神仔抓去我被魔神仔抓去**我被魔神仔抓去**

我被魔神仔抓去**我被魔神仔抓去**我被魔神仔抓去我被魔神仔抓去

我被**魔神仔**抓去**我被魔神仔抓去**我被魔神仔抓去**我被魔神仔抓去**

我被魔神仔**抓去我被魔神仔抓去我被魔神仔抓去**我被**魔神仔**抓去我被魔神仔抓去

我被魔神仔抓去我被魔神仔抓去我被魔神仔抓去**我被魔神仔抓去**我被魔神仔抓去

我被魔神仔抓去我被魔神仔抓去我被**魔神仔**抓去我被魔神仔抓去**我被魔神仔抓去**……

16

沙灘上的女鞋，被海浪的白色泡泡吞沒。

一頭銀白髮的擔保人，穿著灰色長風衣，提著老舊的皮箱，在海岸漫走。

擔保人推開門，走進一間聽得到潮汐的海邊小屋。

屋裡都是最簡陋的生活器具。

很抱歉的，還有繩索，膠帶，捕蚊燈。

角落擺了一張低矮的桌椅，上面放著一本沒有寫完的小學作業本。

站在漏風的破窗邊，擔保人看著窗外的大海，輕輕嘆息。

結果還是得用了無生氣的人生，去討回破碎不堪的人生嗎？

擔保人將老舊皮箱打開，從眾多文件裡挑出一份二十年前的合約。

擔保人看著合約上的紅色手印。

「只要活下去就好……其實沒辦法嗎？」

擔保人點燃了合約一角，慢慢燃燒起來。

合約上的火焰點燃了擔保人手中的菸。

約定慢慢燒成了萬刀之償，吐出了兩不相欠的憂傷白氣。
海風吹過。

17

中年A站在隨時都會坍塌崩壞的深山工寮裡。

抬頭。

看著吊在繩子上，早已化成白骨的兩具屍體。

兩具屍體的旁邊，有一條繩子綁在鐵架上，垂落一個打圈的繩結。

那是他們倆之中的誰，刻意留給他的位置吧。

繩子早已腐爛。

中年A感覺不到自己活著。

全書完

後記

想不到標題那就這樣吧

九把刀

問：請問這三個短篇的創作順序？

答：沒差啦哈哈哈。

問：超過一年沒出新書了，用這麼隨便的態度開始訪談沒問題嗎？

答：呵呵。

問：其中〈黑的教育〉拍成了電影，怎麼自己不當導演，要送給柯震東拍呢？

答：哪有送！當然是他給我錢啊！

問：你繼續這麼敷衍下去，版稅就除以十好了。

答：是這樣的！柯震東是一個有為青年！我一眼就看出他天生神力！他沒問題的哈哈哈哈哈哈哈！

哎呀回想起來，差不多是二〇一四年他的宇宙爆炸後，我看他整個人好像報廢似的沒事可忙，就假好心寫了《黑的教育》的分場大綱，問他要不要演裡面「張博偉」這個角色。

當時鼽，我的想法是用「一鏡到底」完成電影，就是單單用一顆鏡頭從第一個畫面拍到最後一個畫面，中間都沒有任何剪接，故事一樣從半夜的天台祕密交換開始，一路往下，三少年砸破流氓的腦袋，被逼搶計程車，遇到警察臨檢再給拎回流氓基地接受最後結局。

如果採用一鏡到底，那絕對是史詩級的劇組工程。

也由於想一鏡到底，就必須避免工作人員的各種穿幫（甚至是影子穿幫），所以即便我是導演，我也最好不要待在拍攝現場，我事先把每一場戲反覆排練一百次，讓攝影師與演員都精熟動線後，一開機，就交給攝影師、收音師跟主要演員就好。

當時我跟柯震東說，既然你就是主要演員，你一旦發現自己演不好，或是其他演員配合得不好，而且是難以補救的那種不好，就馬上喊卡重來，回到天台重新拍攝（這個邏輯下，攝影師發現不對勁也可以喊卡）。

一鏡到底表面上只花一個晚上就拍完電影，但實際上反覆重來可能要拍上一百次才能找到漂亮的節奏吧。

就是這個「給權喊卡」的想法，柯震東也算是現場的第二個導演。

但拍電影很不容易啊，這個很硬的故事在估算票房上面臨險境，一直沒能拍成。分場綱寫好後，足足過了八年，我才完成了真正意義上的第一稿劇本。

都八年了，我覺得就連柯震東也對劇本理解透徹，加上我的帳戶也確實收到錢了，就把故事交給他拍。

不過我強烈建議他捨棄掉一鏡到底的拍法，那太浪費初次執導的全面體驗，我想，第一次當導演，應當好好經營每一個場次的調度，反覆苦思、校正、假裝會、抓狂、茫然無措、乃至覺得這次死定了，都好。不要把勝負放在一次完成的較量上。

問：以結論來說，《黑的教育》拍的好看嗎？

答：有有有，真的有好看啦！柯震東拍得很精采，節奏感強烈，怪異扭曲拍案叫絕，電影值得連刷三遍，所以他也入圍了金馬獎最佳新導演。

他最後沒得獎也是應該的，畢竟我當年拍了《那些年》卻也沒得最佳新導演。

問：以導演的身分，有沒有想給柯震東的建議？

答：沒有特別想說什麼。

倒是！小說裡面有一段王鴻全燒全校考卷的驚人祕密，劇本有寫，電影其實也有完整拍出來，但最後正片沒有剪進去，我想是因為節奏的關係吧，三個男孩在天台上待太久了。

有機會可以請柯震東釋出被剪掉的片段，看他自己啦。

問：有沒有想特別借助故事要表達的意義？

答：要說的很多，但反正寫了就寫了，大家自己感受吧，不要老是偷懶要作者解釋，一直講解自己的作品，會讓作者看起來很遜。

問：啊你不是一直都很愛講！

答：一定要多說幾句的話，這三篇小說都有一個共同點，就是承諾的重量。〈黑的教育〉裡，三個男孩承諾交換祕密，藉此得到一生一世的友情。〈替逃郎〉，則是承諾交換身分一個晚上，以免除可怕的債務。〈擔保人〉，承諾永不追究，交換無視代價地苟活下去。雖然都是黑暗的故事，還是希望人性飽滿。

問：似乎創造出擔保人這個全新的……職業？

答：是，擔保人不只是一個角色，而是職業，就跟獵命師或殺手一樣。

問：擔保人是在哪一個故事的世界觀底下呢？

答：就住在黑暗系列啊。但沒有一定，基本上我覺得擔保人也有都市恐怖病的氛圍，什麼時候偷偷跑過去我也不知道，目前我已經寫了很多關於擔保人世界觀的限制與規約，現在可以說的大概是……

一，擔保人必須誠實告知契約權利與義務。

二，合約成立後，擔保人不能有任何干預。

三，毀約者將獻出自己的記憶與身分，變成契約的奴隸。（這點還看不出來）

以此類推，我其實寫了不少。條件限制就是想像力的邊界，試試看築起城牆，能不能激發出越過城牆的創意。

有擔保人出現的故事不好想，非常耗損腦力，希望我能找到一個編劇團隊，將擔保人慢慢發展成影集。

問：很多讀者擔心你會沉迷拍電影，放棄寫小說，你自己有好好反省一下嗎？

答：有有有，每天都在反省！是說我幾個月前剛剛拍完一部電影，叫「請問還有哪裡需要加強」，就是我最新反省得出的結論，目前還在初步剪接的階段，一定要密切關注這部電影的上映時間！

然後！然後！然後！因為我完全知道大家一定不願意被除了我之外的導演拍攝小說《功

夫》的電影版，對吧？在理解大家的心意後，我痛定思痛，這一次我也會努力把八年前沒能開機的《功夫》給搞定，劇本我寫了又改改了又寫大概有十本書的量，真的很好看……對！是魔改！但就真的很好看！

交給我了！

問：除了《功夫》，還有哪個小說想要電影化？還是影集化？

答：如果大家有找到可以把《獵命師》拍好看的導演，我就不自己拍。但《哈棒傳奇》的話，我想很難有第二個人能理解哈棒為什麼是宇宙中最恐怖的存在，所以如果要拍《哈棒》的話，我好像得自己來。

不過很難找到天使投資人給我錢拍《哈棒》啦！

問：關於小說的最新計畫？

答：打算在開拍《功夫》之前，寫一個中篇故事，也許在搭配兩個短篇吧，就跟這次一樣。問題就是，現在預計要寫的故事需要的專業知識很多，遠超過我原本的能力範圍，要訪談到特殊領域的專家並要求保密，想起來就覺得呵呵。

問：生了兩個小孩，對寫作有正面的影響嗎？

答：如果生了兩個兒子，對寫作應該是沒什麼影響，反正當年我是怎麼長大的回想一下，然後複製貼上就可以了吧。但我生的是兩個女兒，哎呀這就有點沒辦法了，一定是花很多時間跟她們玩的啊！

每天的日常生活都是她們的笑聲跟哭聲，我得非常努力才能避免自己整天寫一堆被女兒戲耍的心得，變成去開嬰幼兒用品團購那種親職屬性的作家。

是說喔，我女兒現在一個兩歲八個月，一個五個月，都好小喔！一想到還要養她們二十幾年一直養養養到至少大學畢業，就覺得一定要認真寫小說拍電影賺錢啊，不能整天無所事事躺在沙發上滑手機、慢慢變成社會的治安破口！

而且我現在好胖，要想辦法恢復運動，不然光是坐在椅子上寫小說都會喘的話，太可怕了！

問：最後想跟讀者說的話？

答：謝謝直到現在還願意買紙本書的大家！謝謝！謝謝！

記得多買一本送朋友！一本送爸爸！一本送媽媽！一本不要拆封典藏！

再多一萬個謝謝！

國家圖書館出版品預行編目資料

黑的教育/九把刀著. -- 初版. -- 臺北市 : 蓋亞文化有限公司, 2023.01
面； 公分
ISBN 978-986-319-732-4 (平裝)

863.57 111020626

黑的教育

作　　者　九把刀
封面設計　莊謹銘
責任編輯　沈育如
總 編 輯　沈育如
發 行 人　陳常智
出 版 社　蓋亞文化有限公司
地址：台北市 103 承德路二段 75 巷 35 號 1 樓
電話：02-2558-5438　傳真：02-2558-5439
電子信箱：gaea@gaeabooks.com.tw
投稿信箱：editor@gaeabooks.com.tw
郵撥帳號 19769541　戶名：蓋亞文化有限公司
法律顧問　宇達經貿法律事務所
總 經 銷　聯合發行股份有限公司
地址：新北市新店區寶橋路二三五巷六弄六號二樓
電話：02-2917-8022　傳真：02-2915-6275
港澳地區　一代匯集
地址：九龍旺角塘尾道 64 號龍駒企業大廈 10 樓 B&D 室
電話：+852-2783-8102　傳真：+852-2396-0050
初版一刷　2023 年 1 月
定　　價　新台幣 320 元
Published and printed in Taiwan

ISBN 978-986-319-732-4

Gaea

Gaea